빨치산 구연철 생애사

신
불
산

신불산 빨치산 구연철 생애사

초판 1쇄 발행 2011년 4월 11일
초판 2쇄 발행 2016년 8월 8일

지은이 안재성
펴낸이 강수걸
편집장 권경옥
편집 윤은미 정선재
디자인 권문경 구혜림
펴낸곳 산지니
등록 2005년 2월 7일 제14-49호
주소 부산광역시 연제구 법원남로15번길 26 위너스빌딩 203호
전화 051-504-7070 | 팩스 051-507-7543
홈페이지 www.sanzinibook.com
전자우편 sanzini@sanzinibook.com
블로그 http://sanzinibook.tistory.com

ISBN 978-89-6545-366-6 03810

빨치산 구연철 생애사

신불산

안재성 지음

산지니

| 차례 |

잊혀진 전쟁의 기억들

6·25전쟁은 4천 년 이상 단일민족으로 살아온 한민족에게 치유하기 어려운 커다란 상흔을 남겼다. 3년간 지속된 동족상잔의 참극은 3백만 명 이상의 사상자를 낳았으며 이후 60년이 지난 오늘날까지도 동족 간의 적개심과 언제 또다시 전쟁이 재개될지 모른다는 공포가 이 작은 반도를 떠날 날이 없게 되었다.

세계평화와 민주주의의 수호자로 자처해온 미국은 이 전쟁을 주도적으로 이끌며 남북의 무수한 주민들을 도살하는 데 앞장섰다. 그들은 20세기 들어 세계 도처에서 자신들이 일으킨 전쟁에서 그 적군에 대해 항상 그랬듯이, 무제한적인 폭격과 포격으로 남북의 거의 모든 도시를 소각시켰다. 이 과정에서 남북의 산업시설은 거의 완파되고, 수많은 무고한 생명들이 죽어가야만 했다.

미국은 자신들이 자유주의 수호를 위해 희생하러 왔다고 주장했으나 해방 직후의 상당수 조선인들은 미국을 새로운 침략자로 인식하고 있었다. 이러한 반미 여론을 주도한 것이 공산주의자들이었던 것은 사실이지만, 미국의 신식민주의적인 침략정책을 거부하고 싸운 사람들이 모두 공산주의자는 아니었다는 것 역시 명백했다.

특정한 정치적 신념을 가지지는 않았으나 양심적인 지식인들부터 애국적 민족주의자들, 심지어는 무정부주의자들까지 수많은 조선인들이 전쟁이 터지기 이전부터 미국과 친미파, 친일파들에 대한 투쟁에 동참하고 있었다.

이를 목적의식적으로 지도하고 이끌어간 것이 공산주의자인 것은 사실이지만 당대의 공산주의자들에게 가장 큰 정치적 목표 역시 민족의 완전한 해방과 남북통일이었다. 공산주의자들이 이끌던 38선 이북조차 즉각적인 사회주의 도입보다는 민족통일을 우선 과제로 두고 있었다.

새로운 지배자로 등장한 미국에 대한 반감과 친일 민족반역자들로 이뤄진 이승만 정부에 대한 분노는 이들을 거리로 내몰았다. 1945년 해방 이후 전쟁이 나기까지 5년간 38선 이남 지역은 극도의 혼란에 빠질 수밖에 없었다. 민중의 상당수는 1948년 8월 15일에 세워진 이승만 정권에 대해 어떤 충성심도 갖고 있지 않았다.

더구나 이승만 정권은 전쟁이 발발하자마자 그동안 자신에게 반대해왔던 이들을 무차별 학살하기 시작했다. 개전 직후 한 달 사이에 이남 전역에서 이뤄진 대학살로 당대의 지식인들 상당수를 포함해 최소한 20만 명이 죽어갔다. 이승만 군대는 춘천, 대전, 공주, 대구 등 주요 형무소에 수감되어 있던 정치사범들은 물론, 저항운동을 포기하고 전향하여 보도연맹이란 이름의 관변단체에 가입해 있던 20여 만 명을 모조리 학살해 수백 명에서 수천 명 단위로 거대한 구덩이나 폐광 수직갱도에 집단 매장했다. 인류사상 전무후무한 동족에 대한 대학살의 현장에는 대개 미군 장교들이 참관하고 있었다.

미군과 이승만 군대의 이 잔인한 처사는 이남의 많은 젊은이들을 남진해 오는 인민군 대열에 합류하게 만들었다. 처음 38선을 넘어 올 때 9만이던 인민군은 이남 현지에서 40만에 이르는 의용군을 모집할 수 있었다. 이승만 군대의 강제징집에 비하면 의용군 모집은 훨씬 자발적이었다. 공산주의를 지지하는 젊은이뿐 아니라 미국의 분단화 정책과 이승만 정권의 야만성에 회의를 느끼고 민족통일을 염원하던 수많은 젊은이들이 자진해서 인민군에 합류했다.

구연철도 그런 젊은이의 하나였다. 일제식민지 시절 경상남도 양산에서 태어나 열다섯 살 어린 나이로 해방을 맞은 그에게 미국은 또 다른 침략자일 뿐이었다. 일본에 빌붙어 동족을 괴롭히던 친일매국노들이 새로운 정부의 관리로, 경찰로 재등장하여 항일투사들을 고문하고 죽이는 현실은 서울에 올라가 학교에 다니던 그를 자연스럽게 거리의 시위대열로 내몰았다. 이 과정에서 알게 된 사회주의 이론은 암흑에 뒤덮인 38선 이남을 구제할 수 있는 유일한 희망이라고 생각되었다.

마침내 전쟁이 터졌을 때 구연철이 선택할 수 있는 길은 하나뿐이었다. 이승만 군대는 거리마다 트럭을 세워놓고 소년부터 중년까지 남자란 남자는 무조건 끌고 가 전투에 투입시켰다. 조금이라도 반 이승만 투쟁의 기록이 남은 사람들은 다 끌어다가 총살 시킨다는 흉흉한 소문도 들려왔다. 친미정권의 총잡이가 될 수도, 가만히 앉아서 죽임을 당할 수도 없던 구연철이 선택할 곳은 인민군뿐이었다.

구연철은 깊은 산중 어딘가에서 무장투쟁을 벌이고 있을 '항미유격대'를 찾아 스스로 태백산맥에 들어간다. 그곳에서 조선노동당 당원으로 가입하고, 제4지구당의 제3소지구당 조직부장으로 활동했다. 그리고 3년 후 전쟁이 끝나자 부산시에 지하당 조직을 재건하려고 내려왔다가 체포되어 20년의 긴 세월을 감옥에서 보낸다.

철저히 세상과 고립된 감옥에서도 그는 항미의식과 민족통일에 대한 염원을 버리지 않았다. 출옥하고 다시 40년 세월을 이남 땅에서 '빨갱이'라는 굴레를 뒤집어쓴 채 어렵게 살아오면서도 반미와 통일운동의 대열에서 빠진 적이 없었다. 그에게 조국은 늘 하나였다. 이북은 북부 조국이며 이남은 남부 조국일 뿐이었다. 두 개로 나눠진 조국이 다시 하나로 합쳐지는 것이 그의 평생소원이자 삶의 목표였다. 수년간 함께 싸웠던 동료들을 모두 잃고 혼자 살아남은 데 대한 가슴 아픈 속죄이기도 했다.

어떻게? 왜? 앞날이 창창한 젊은 지식인이 죽음을 감수하고 거대한 제국에 맞서 총을 들게 되었을까? 방한도구도 제대로 없이 영하 20도의 산중에서 몇 번의 겨울을 나면서도 끝내 저항을 포기하지 않았을까? 공산주의에 대한 증오로 똘똘 뭉친, 자본주의의 악마성에 영혼까지 빼앗겨버린 속물들이 득실대는 이 땅에서 어떻게 지금까지 꿋꿋이 통일운동을 하고 있을까?

노동운동과 관련하여 일제하 공산주의운동가들에 대한 책을 쓰면서 실제로 그들을 만났던 이들의 증언에 놀랐었다. 특히 공산주의 지도자들에 대한 표현이 그랬다. 하나같이 조용한 학자 같았다거나 시골 학교 선생님 같았다는 평들이었다. 적에 대항해 자기를 희생하는 일에는 물불을 가리지 않고 용감무쌍

하지만, 동지나 이웃에 대해서는 너무나 따뜻하고 너그러운 이해와 배려를 보여주는 데 대한 감동들이었다. 모든 공산주의자들이 인격적으로 훌륭하다고 할 수도 없겠지만, 그들이 이기적인 욕망에 사로잡혀 살아가는 대다수의 보통 사람들과는 비교할 수 없는 품격을 갖춘 것은 사실이었다.

빨치산 중에서도 특히 민간인 조직을 맡은 당 활동가였던 구연철 선생을 만났을 때의 느낌도 그랬다. 오로지 정치적 신념 하나로 살아왔으면서도 편협하다거나 완고한 구석은 찾아볼 수 없는, 정치적 반대자에 대해서도 관용으로 설득할 줄 아는, 그러나 새벽별처럼 반짝이는 눈빛을 가진, 작은 체구에 곱상한 얼굴을 가진 팔순 노인을 대하고 있노라면 일제하 독립운동가들의 생환을 보는 것 같은 감동이 밀려오곤 했다.

적어도 1910년 일제 침략의 해로부터 지금 2010년까지 백 년의 시간은 근대사도 현대사도 아닌, 말 그대로 오늘의 역사라 해도 지나치지 않다. 일제 치하에서 금권과 문화 권력을 쥐었던 이들의 영향력이 오늘까지도 그대로 이어지고, 남북의 갈등이며 남쪽 사회 내부의 이념대립 역시 똑같이 이어지고 있기 때문이다.

지난 50년 전 또는 70년 전에 벌어진 일들을 알고 나면 오늘의 현실은 자연스럽게 해석된다. 일제강점기 또는 6 · 25전쟁을 고리타분한 옛날이야기라고 생각하는 것은 역사에 대한 무지의 소산이다. 빨치산이 소멸된 지도 벌써 반세기가 넘었지만, 구연철 선생의 이야기가 여전히 의미를 갖는 것도 그런 이유다.

단, 이 기록에서 작가의 추측이나 평가는 일체 배제하기로 했다. 구연철 선생은 흔히 발견하기 어려운 정직한 증언자여서 본인이 직접 경험해 알고 있는 사실만을 과장이나 편견 없이 진술했다. 당시의 정치노선 문제나 다른 인물들의 활동에 대해 함부로 추측하거나 평가하지 않았을 뿐 아니라 작가에게도 객관적 사실만을 기록해줄 것을 간곡히 요청했다. 이북, 이남, 조선반도처럼 본인이 일상적으로 쓰는 용어들도 되도록 그대로 수용하기를 원했다.

5년 넘게 이 땅을 뒤흔든 빨치산 투쟁에 관심이 깊은 독자들은 증인이 알고 있는 저명한 인물들이나 사건, 노선투쟁 등에 대해 보다 솔직한 더 많은 이야기를 들려주기를 기대할지 모르겠다. 하지만 지금도 조선노동당 당원으로서의 긍지와 책임감을 버리지 않고 꼿꼿하게 살아가고 있는 증인에게 흥밋거리가 될 만한 이야기를 기대하는 것은 무리다.

작가로서는 그의 80년 긴 생애의 모든 시시콜콜한 이야기를 기록하기보다는 사상적, 정치적 행적에 초점을 맞추었다. 구연철 선생 자신도 그것을 원했다. 작가는 본인이 하고 싶은 이야기만을 듣겠다고 미리 말했고, 선생은 자신에게 관련되어 꼭 필요한 이야기만을 정확하게 증언해주었다.

어떤 독자들은 빨치산이라는 독특한 경험을 한 증인이 보통 사람들과 어떤 공통점이 있는지, 어떻게 연애를 했는지, 부부 관계는 어떻고 본인 때문에 가족들이 얼마나 고생했는가 같은 이야기들을 듣고 싶어 할 것이다.

하지만 이 나라와 민족의 운명을 결정한 해방전후 격동의 시기에 역사를 바로 세우기 위해 온몸을 던져 싸운, 지금 이 시간에도 이 민족의 통일을 위해 늙은 몸을 이끌고 부지런히 전국을 누비고 다니는 인물에게서 자신과 같은 평범한 사람의 일면을 찾아내어 동질감을 느끼고 자기만족을 누리려는 독자들에게 이 책은 별로 도움이 되지 못할 것이다.

요즘도 구연철 선생은 일 년에 몇 번씩 노동자나 학생들을 이끌고 신불산 줄기를 돌아다니며 옛이야기를 들려준다. 선생은 산에 갈 때마다 자신이 묻어준 동료들의 흔적을 찾아 홀로 조용히 숲속을 뒤져보곤 한다. 그러나 지금까지 그 누구의 흔적도 찾아내지 못했다. 그에게 이 책은 함께 싸우다가 숨져간, 묘지도 표석도 없이 험한 산중의 낙엽 아래 흙이 되어 사라져간 동료들에게, 살아남은 자들의 마음속에 남아 영원히 지워지지 않는 그들에게 빚을 갚는 마음으로 쓴 진혼곡이다.

1. 영광의 묘

온 가족이 일본으로 떠난 것은 1939년, 구연철이 아홉 살 되던 해였다. 몇 해 전 일본으로 건너간 아버지가 탄광의 광부로 자리를 잡으면서 가족을 부른 것이다.

조선이 일본의 식민지가 된 지 30년째, 조선에 이어 중국을 침략해 만주지역을 점령하는 데 성공한 일본은 중국 내륙 깊숙이 전선을 넓혀가는 한편으로 아시아의 패권을 차지하기 위해 독일과 동맹을 맺고 세계대전을 준비하고 있을 때였다.

나날이 심해지는 전쟁물자 공출에 기본생계조차 유지할 수 없게 된 수많은 조선인들이 식민지 조선 땅을 떠나 만주로, 일본으로 떠나고 있었다. 나라를 잃고 돈도 기술도 없이 맨몸으로 떠도는 조선인 유랑민들을 기다리는 것은 가혹한 학대와 착취뿐이었지만 그들에게는 선택의 여지가 없었다.

이주노동 중에서도 최악의 조건일 수밖에 없는 탄광에 들어간 조선인들은 짐승우리나 다름없는 합숙소에 집단으로 기거하며 매일 닥쳐오는 죽음의 위협에 노출되어 있었다. 가족까지 데려와 함께 살 수 있는 조선인은 드물었다. 일찌감치 도일해 약간의 돈도 모아놓고 단칸방이나마 사택도 얻어 가족을 초청한 아버지는 운이 좋은 편이었다.

아버지가 일하는 곳은 나가사키 현에 있는 하시마라는 곳이었다. 일본 열도의 맨 남쪽 큐슈에 있는 작은 섬으로, 부산에서 관부연락선을 타고 시모노세키 항에 도착해 기차를 타고 나가사키로 내려가 다시 배를 타고 70리를 들어가는 곳이었다. 아버지는 부산에 사는 외삼촌을 통해 나가사키 현까지 와서 자신에게 전보를 치면 마중 나가겠다고 전해왔다.

구연철의 가족은 항구도시 부산의 뒷산인 금정산 너머 들판에 자리 잡은 경상남도 양산군 하북면 초산리의 한적한 농촌마을에 살고 있었다. 함께 가야 할 가족은 여섯 명인데 평생 시골에 갇혀 농사만 지어온 할머니와 어머니는 일본말을 할 줄 몰랐고 세 여동생은 아직 학교에 들어갈 나이도 못 되었다. 막 보통학교 1학년을 마친 구연철만이 일본어를 할 줄 알았기 때문에 낯선 여행의 길잡이를 맡게 되었다.

부산에서 시모노세키를 오가는 여객선을 조선인들은 부관연락선이라 부르고, 일본인들은 관부연락선이라 불렀다. 시모노세키가 한문으로 '하관(下關)'이기 때문이었다. 연락선은 여러 종류가 있었는데 대개 길고 넓은 갑판 위로 원통형 기둥이 높이 솟아 검은 석탄연기를 뿜어내는 증기선들이었다.

구연철의 가족은 요금이 제일 싼 배 밑바닥 선실에 들어갔다. 침상도 의자도 없이 어두침침한 넓은 마룻바닥에 누구나 앉거나 누워서 가는 삼등실이었다. 승객은 일본인들이 대다수여서 검정이나 군청색 계열의 짙은 색깔에 격자무니가 들어 있는 치렁치렁한 기모노가 그렇지 않아도 어두운 객실을 가득 메우고 있었다.

간혹 조선인 유학생이나 여행객도 있었으나 대개 양복을 입은 데다 강제로 일본어를 사용해야 했기 때문에 잘 구별할 수 없었다. 조선인 중에서도 구연철의 가족처럼 아래위로 흰옷을 입은 이들은 거의 눈에 띄지 않았다.

일본의 식민지라 해도 농촌에 들어와 사는 일본인은 많지 않았다. 구연철은 그때까지 일본인을 거의 본 적이 없어 일본인에 대한 나쁜 감정이 생길 일도 없었다. 소학교에 들어가기 전에 부산 외삼촌이 아버지가 일본에서 보내온 회충약을 가져온

적이 있었다. 친구들은 구경도 못 하는 귀한 회충약을 먹으며 막연히 일본은 잘 사는구나 생각했을 뿐이었다. 다른 식구들도 마찬가지였다. 촌에서 막 나온 그들에게 어두컴컴한 선실 가득 한 일본인들의 모습은 신기했다.

일본인들에게도 흰 치마저고리에 흰 두건까지 두른 한국인 가족은 별나게 눈에 띄었다. 대한해협의 해류는 거칠었다. 네 아이들은 그런대로 버텼는데 할머니와 어머니는 심하게 멀미를 했다. 밤새 토하고 또 토하며 완전히 탈진해버렸다. 일본인들은 힘들어하는 조선인 부녀자들을 동정심으로 쳐다보기는커녕 더럽다고 피하며 냄새나니 나가서 토하라고 욕을 해댔다. 일본인에 대한 특별한 감정이 없던 구연철에게 삼등객실 일본인들의 모습은 사뭇 충격이었다.

시모노세키 항구에 내렸을 때는 온 가족이 지칠 대로 지쳐 있었다. 배 안에서 아무것도 먹지 못한 데다 할머니와 어머니는 쓴 물까지 게워내 속이 텅 비어 있었다. 일본이 따뜻하다 해도 한겨울이었다. 야산으로 둘러싸인 안락한 내륙에서 살아온 식구들에게 항구도시의 바닷바람은 낯설었다. 습한 냉기가 뼛속까지 파고드는 듯했다.

선착장을 나서니 손수레들이 즐비하게 늘어서서 일본 우동을 팔고 있었다. 펄펄 끓는 국물에서 피어오른 김이 흩어지며 구수한 냄새를 풍기는 우동에서 눈을 뗄 수가 없었다. 사 먹을 돈은 없었다. 할머니와 어머니는 애써 눈길을 피하며 아이들의 손을 잡고 발길을 재촉했다. 그래도 배가 고파 우동을 흘끔거리는 동생들을 보니 안쓰러워 그냥 갈 수가 없었다. 구연철은 얼른 손수레로 달려가 우동 한 그릇을 사 왔다.

추위로 콧물을 훌쩍거리던 동생들에게 먼저 국물과 국수를 먹이고 어머니와 할머니도 한 젓가락씩 국수를 드리니 기분 좋게 웃음을 짓는 얼굴이 얼마나 보기 좋은지 몰랐다. 구연철은 식구들이 다 먹고 나중에 남은 것을 조금 먹었다. 겨우 한 모금 국물이지만 속이 훈훈해지는 게 살 것 같았다. 하얀 옷을 입은 여섯 식구가 길 한편에 비켜서서 우동 한 그릇을 아끼고 아껴 정답게 나눠 먹던 추억은 영영 잊히지 않았다.

기차역에 도착하니 혼슈, 이끼, 후쿠오카 등 각 도시로 가는 출구가 나란히 늘어서 있었다. 부산서 외삼촌에게 들은 대로 나가사키로 가는 기차를 타야겠는데 기차역에 처음 와본 구연철과 가족들은 어디서 표를 사서 어떤 출구로 나가야 할지 어리둥절하기만 했다.

마침 일본인 청년 하나와 눈이 마주쳤기에 서툰 일본말로 나가사키로 가려면 어디로 나가야 하는가 물어보았다. 일본 청년은 흰옷의 조선인 소년을 아래위로 쓱 훑어보더니 입도 안 열고 손가락만으로 저쪽을 가리키고는 그냥 가버렸다.

비웃음을 머금은 듯한 청년의 표정이 마음에 걸렸지만, 별다른 의심 없이 가르쳐준 곳으로 가족들을 이끌고 갔다. 그런데 갈수록 사람이 줄어들더니 끝까지 가도 출구 따위는 보이지 않았다. 다시 사람 많은 곳으로 돌아와 물어보니 나가사키행 개찰구는 전혀 엉뚱한 곳이었다. 일본 청년이 골탕을 먹이려고 일부러 틀리게 가르쳐준 것이었다.

서둘러 표를 사서 승강장에 들어가니 나가사키라 쓴 기차가 검은 연기를 뿜으며 들어왔다. 모두들 기쁜 마음으로 기차를 타고 앉았지만, 일본인 청년의 고의적인 거짓말이 준 나쁜 감정은 사라지지 않았다.

기차 안에서도 일본인들의 멸시는 계속되었다. 딱딱한 의자에 둘씩 앉아 마주보게 고정시켜 놓은 객차였는데 어린애들이 넷이라 온 가족이 앉으니 딱 맞았다. 몇 시간만 있으면 역에서 기다리고 있을 아버지를 만난다는 생각에 다들 기분이 좋아졌다.

유달리 장손을 귀여워한 할머니는 구연철을 무릎에 앉혀놓고 머리를 쓰다듬어주고 손을 어루만지며 놓아줄 줄을 몰랐다.

"좀 있으면 네 아버지를 만날 기다. 아버지 만나니까 좋제? 아버지 얼굴은 생각나나?"

"조금 생각납니더."

"잘 생각 안 날 끼다. 고향 떠난 지 벌써 오래니……. 살기 좋은 내 집 떠나 말도 안 통하는 이 먼 곳에서 얼마나 고생이 많았을꼬. 어서 보고 싶구나."

곧 아들을 만나게 되리라 안심이 된 할머니는 보자기를 풀어 아껴두었던 떡과 엿도 꺼내놓았다. 고향을 떠나올 때 만들어 온 음식들이었다.

아무리 작은 것이라도 음식은 이웃과 나눠 먹는 것이 조선의 인심이었다. 할머니는 식구들에게 나눠주기 전에 먼저 통로 건너 의자에 앉은 일본인들에게 권하고 싶어 했다. 건너편 의자에는 기모노를 입은 일본 여자와 아이들이 앉아 있었다. 일본말을 모르는 할머니는 구연철에게 떡을 갖다 주라고 시켰다.

배에서부터 일본인들의 차가운 표정에 주눅이 들어 있던 데다 시모노세키 역에서 일본 청년에게 모욕을 당한 구연철은 별로 그러고 싶지 않았다. 하지만 할머니가 거듭해서 시키는 바람에 할 수 없이 떡을 들고 일어났다.

조심스레 다가가 떡을 내밀었으나 일본여자는 못 본 척 고개를 돌려 창밖만 내다보았다. 할 수 없이 한 손으로 옷을 잡아당기며 공손한 일본말로 이것 좀 드시라고 말했다. 순간, 일본여자는 더러운 벌레라도 털어내듯 그의 작은 손을 탁 소리 나게 처내며 차갑게 내뱉는 것이었다.

"센진노 야스라 닌니구 쿠사이!"

더러운 조선인들이란 뜻이었다. 식구들은 그 일본 여자가 한 말의 뜻을 몰랐으나 구연철은 정확히 알고 있었다. 얼굴이 빨개져서 고개를 떨어뜨린 채 돌아서고 말았다.

자리에 돌아와 앉아서도 한참 동안 떨리는 가슴이 진정되지를 않았다. 모욕감과 수치심으로 떡도 엿도 목을 타고 넘어가지를 않았다. 어른들이 눈치 챌까 봐 건성으로 먹는 시늉을 했지만 머릿속이 온통 하얗게 되어 무슨 맛인지도 느껴지지를 않았다.

이후 구연철은 일본인들의 깍듯한 인사성과 친절함을 볼 때마다 간사한 거짓 표정이라는 느낌이 앞섰다. 좀 투박스럽고 무례해 보일지라도 조선인들은 정도 많고 솔직한 데 비해 일본인들은 속마음을 감추고 겉으로만 예의를 차리는 이중적인 사람들로 생각되었다. 강자에게 약하고 약자에게 강한 비겁한 사람들이란 생각도 들었다.

일본이 잘 살기는 했다. 어디 가나 쓰러져가는 초가와 가난한 이웃들뿐이던 조선 땅과 달리, 일본의 들판은 겨울임에도 풍요로워 보였다. 나가사키까지 가는 들판 곳곳에는 밀감 밭이 펼쳐져 있었다. 조선에서는 보지도 못한 샛노란 밀감들이 푸른 나뭇가지 속에 점점이 박혀 있는 광경이며, 등에 광주리를 진 일본 여인들이 사다리를 타고 올라가 밀감을 따는 모습들이 현실이 아닌 것처럼 인상 깊었다.

기차가 나가사키에 접어들면서 일본의 도시풍경이 낯설게 다가왔다. 땅이 생긴 모양 그대로 굽이치는 비좁은 골목길 양옆으로 방향도 제각기 집을 짓는 조선의 촌락과 달리, 사방으로 뻗은 직선도로변에 이삼 층짜리 목조건물들이 질서정연하게 늘어서 있었다. 나무로 기둥을 세우고 흙을 채우는 방식은 조선과 비슷했지만 한결 인공적이었다. 조선집들은 대개 가공하지 않은 통나무를 그대로 사용하고 누런 흙벽도 그대로 노출시키는 데 비해 일본 집들은 일정한 규격으로 각지게 깎은 나무에 검정 칠을 하고 흙벽 외부에도 석회를 발랐다. 볏짚 아니면 흙을 구운 기와로 덮은 조선집 지붕들과 달리, 색칠한 양철 지붕이 대부분이었다.

지진 때문에 높은 건물을 짓지 못하는 나가사키 시내에는 이삼 층짜리 검정색 일본식 목조 가옥들이 깔려 있었다. 높은 건물이라고는 시가지 한쪽 산기슭에 지어진 커다란 교회 건물과 두어 개의 시멘트 건물이 눈에 띌 뿐이었다.

미쓰비시 조선소와 공장들이 늘어선 해안풍경은 또 달랐다. 건조 중인 거대한 배 위로 수십 미터 높이는 될 기중기들이 무거운 철판을 옮겨 나르는 모습은 실로 장관이었다. 조선반도 제일의 항구도시라지만 일본인 거주지나 상업지역 외에는 대부분 허름한 초가집뿐인 부산항밖에 본 적이 없는 그에게는 경이로운 풍경이었다. 조선소 한편에는 천막을 길게 쳐서 밖에서는 보이지 않게 한 구역도 있었는데 구축함이나 쾌속정 같은 군함을 건조하는 도크였다.

역에서 기다리고 있던 아버지는 아내와 어머니의 손에 잡혀 주렁주렁 달려 온 세 딸과 아들을 보고 싱글벙글 좋아서 어쩔 줄을 몰라 했다. 이틀간의 힘든 여행에 지치고 일본인들의 차별과 냉대에 주눅들어 있던 식구들도 기운을 차리고, 이제 아무것도 겁날 것 없는 표정들이 되었다.

아버지는 우선 가족들을 식당에 데려가 일본식 우동과 초밥으로 배불리 먹인 다음 하시마 섬으로 들어가는 연락선에 함께 탔다. 관부연락선보다 훨씬 작은 배였는데 이 배야말로 조선인이라고는 구연철의 가족이 유일했다. 그래도 승객의 대부분이 가난한 일본인 광부와 가족들이라서인지 관부연락선에서처럼 드러내놓고 눈치를 주는 사람은 없었다.

나가사키에서 남쪽으로 얼마간 내려가니 푸른 바다 한가운데 커다란 섬이 나타났다. 여러 개의 탄광을 가진 다카시마라는 섬이었다. 석탄을 골라내고 버린 시커먼 돌덩이들이 곳곳에

삭막하게 쌓여 있었다. 배는 다카시마에서 한 떼의 승객과 화물을 풀어놓고 다시 동남쪽으로 달렸다.

다카시마를 떠나 한참 내려가니 멀리 군함처럼 떠 있는 섬이 보이기 시작했다. 하시마였다. 섬이 원래 길쭉한 데다 해안선을 따라 높다란 방파제를 쌓아 절벽을 만들었기 때문에 멀리서 보면 영락없이 거대한 군함 같았다.

하시마가 가까워질 무렵, 작은 섬 하나가 스쳐 지나갔다. 나카시마였다. 마을이나 석탄더미 같은 것도 보이지 않는 조그마한 무인도로 사고나 질병으로 죽은 광부를 태우는 노천화장터가 있었다. 그날도 누군가 죽었는지 한 줄기 시커먼 연기가 피어오르고 있었다.

방파제로 빈틈없이 둘러싸인 하시마에는 큰 배를 댈 수 있는 곳이 없었다. 단 한 군데 방파제를 뚫어 사람이 다닐 수 있는 굴을 내고 그 앞에 거룻배나 맬 수 있는 작은 선착장을 만들어놓았다. 캐낸 석탄은 그 반대편 방파제 위로 난 높다란 콘베어벨트를 따라 화물선 바닥으로 직접 떨어지게 되어 있었다. 일반 여객선이나 화물선은 선착장에서 좀 떨어진 곳에 닻을 내리고 거룻배가 오가며 사람과 짐을 날아야 했다.

연락선이 닻을 내리자 선착장에서 거룻배 두 대가 나와 차례로 배 옆구리에 붙었다. 많아야 열 명까지 탈 수 있는 노 젓는

배로, 일본인들은 덴마라 불렀다. 구연철 가족이 타고 짐을 실으니 배 한 대가 꽉 찼다. 평온한 날씨인데도 태평양 파도는 거룻배 따위는 바로 삼켜버릴 듯 거칠었다. 파도가 부딪힐 때마다 차가운 바닷물이 날아들어 옷과 얼굴을 적셨다. 그래도 일본인 사공들은 능숙하게 노를 저어 파도를 헤쳐 나갔다.

거룻배에서 내려 선착장에 올라서니 제방을 뚫어 만든 동굴이 기다리고 있었다. 하시마로 드나들 수 있는 유일한 출입구였다. 입구 위에 붙여놓은 현판이 눈에 들어왔다. 한자와 일본어를 섞어 쓴 글씨를 찬찬히 읽어보았다.

'영광의 문'

대일본제국의 영광을 위해 열심히 석탄을 캐라는 뜻이었을까? 대일본제국을 위해 석탄을 캘 수 있게 되어 영광이라는 뜻이었을까? 할머니는 어디를 가든 손자의 손을 놓지 않았다. 구연철은 할머니의 손을 꼭 잡은 채 어두운 동굴로 앞장서 걸어들어갔다. 잠시 어두워졌다가 다시 밝아진 눈앞에는 놀라운 세상이 펼쳐져 있었다.

2.

지옥의 문

영광의 문을 통과해 들어간 섬 안에는 지금까지 보지 못했던 황량한 풍광이 펼쳐져 있었다. 온 세상이 새카맸다. 저탄장에 쌓여 있는 석탄더미며 지하에서 석탄을 실어 올리기 위해 세워 놓은 거대한 기중기, 바닷바람을 따라 날아다니는 검은 석탄가루가 마치 저주받은 기괴한 세상에 들어온 기분이었다. 흔해빠진 고무신 공장 한 번 본 적 없이 봄부터 가을까지 늘 푸르고 풍요로운 자연 속에서만 살아온 구연철의 가족에게는 공포스럽기까지 한 풍경이었다.

무엇보다도 눈에 띈 것은 20층은 되어 보이는 광부 사택이었다. 일본은 지진 때문에 높은 건물이 없다고 배웠던 구연철은 앞으로 쏟아질 듯 서 있는 시커먼 사택촌을 보고 이 작은 섬에 웬 빌딩인가 착각했다. 그러나 신이 나서 아버지를 따라가 보니 경사진 바위벽에 짐승우리나 다름없는 옹색한 사택들을 층층이 붙여놓은 데 불과했다.

사택 안으로 들어가면 두 사람이 서 있기도 좁은 부엌이 있고 양쪽으로 작은 방 두 개가 붙었는데 방의 뒷벽은 울퉁불퉁한 천연의 바위벽 그대로였다. 입구 문 옆에 달린 작은 창문으로 들어오는 빛이 전부라서 방안으로 들어가 문을 닫으면 대낮에도 깜깜했다. 수도도 전기도 들어오지 않아 어른 아이 할 것 없이 매일 양동이를 들고 급수선에서 물을 받아 그 높은 곳까지 들고 오는 게 하루 일과였다. 따로 난방시설도 되어 있지 않아 찬 바닥에 다다미 한 장 깔고 밥 해 먹는 석탄난로의 온기로 겨울을 버텨야 했다. 사람 대신 돼지를 집어넣으면 그대로 축사가 될 만한 곳이었다.

하시마는 본래 풀 한 포기 자라지 않는 데다 식수가 솟지 않아 사람이 살지 않는 황량한 섬이었는데 지하에 막대한 유연탄이 매장된 것이 뒤늦게 발견되면서 미쓰비시 중공업에 제련용 석탄을 공급하는 직영탄광으로 개발되었다. 자연 상태로 캐낸 철광석에서 철을 뽑아내기 위해서는 석탄을 함께 넣어 가열해야 했고, 연기가 많아 난방용으로는 적당치 않은 유연탄이 제철에는 오히려 좋은 원료가 되었다.

미쓰비시 중공업은 우선 방파제를 쌓아 태평양의 거센 파도를 막은 후 채탄 시설과 더불어 사택, 합숙소 같은 주거지며 학교까지 만들어놓고 수천 명의 광부들을 끌어들였다.

미쓰비시는 매일 급수선을 오가며 물을 날라 왔는데 수천 명이 마시고 요리하는 데 쓰기에도 빠듯했다. 하루 일을 마치고 온몸에 석탄가루를 뒤집어쓴 채 반짝거리며 갱을 나온 광부들은 우선 바닷물 욕조에서 탄가루를 씻어내고 급수선 물을 받아 놓은 민물 욕조에서 헹구었다. 가족들은 순번을 정해 일주일에 한 번씩 공동목욕탕을 이용할 수 있었지만 몇 바가지 물로 샤워를 하는 정도였다.

구연철의 가족이 건너간 무렵 광부의 다수는 일본인이었다. 중국을 침략하면서 무기 제조를 위한 철의 수요가 급속히 늘어나 무연탄 수요도 급증하고 있었으나 아직까지 인력에는 여유가 있던 시기였다. 광부 중에는 일본의 변방인 오키나와 출신은 꽤 있었으나 조선인이나 중국인은 그리 많지 않았다.

얼마 안 가 일본이 태평양전쟁을 일으키면서 식민지 주민들을 강제로 징용하게 되지만 아직까지는 자원해서 취업한 사람들이었고 노동조건도 그런대로 괜찮은 편이었다.

바다 밑으로 지하 수 킬로미터까지 사방으로 거미줄처럼 파

고 들어가는 갱도에서는 끊임없이 붕괴며 가스누출과 출수사
고가 터져 나카시마 화장장에 검은 연기를 피워 올렸으나 살아
남은 사람들은 다른 어디 가도 벌기 어려운 수입을 올렸다.

　숙련 광부가 된 아버지는 전쟁으로 인해 물가가 치솟을 무렵
에는 180원까지 월급을 받았는데 교사나 면직원보다도 많은
보수였다. 더구나 돈을 쓰려야 쓸 곳이 없는 고립된 섬이다 보
니 일정하게 저축도 할 수 있었다.

　광부의 자녀들은 학교도 다닐 수 있었다. 일본은 그 무렵 보
통학교를 국민학교로, 고등보통학교는 중학교로 바꿔 부르고
있었다. 고향에서 보통학교 1학년을 마친 구연철은 국민학교 2
학년으로 편입했다. 40명 넘는 동급생 중 조선인은 세 명뿐이
었는데 다른 두 명은 여학생이었다.

　학교생활은 할 만했다. 조선에서 일본어를 배우고 온 데다 머
리가 영리한 구연철은 일본 아이들을 제치고 최고 성적을 유지
할 수 있었다. 성격이 모나지 않아 재치 있는 농담도 잘하고 운
동도 좋아해 일본 아이들과도 잘 어울렸다.

　이듬해 일본이 태평양전쟁을 일으키면서 탄광의 사정은 더
좋아지는 것처럼 보였다. 무방비 상태로 평화로이 살아가던 남
태평양 일대 원시 밀림 지역을 점령한 일본군은 약탈해 온 물
자를 마음껏 공급할 수 있었다. 전시체제가 되면서 모든 식량

에 대해 배급제를 택하고 있었다. 조선에서는 들어보지도 못했던 파인애플이며 망고 같은 열대과일이 쏟아져 들어왔다. 매일 보급선 가득히 실어 오는 싱싱한 과일만으로도 일본이 곧 세계를 지배할 것처럼 느끼게 할 만했다.

하지만 얼마 못 가 전선이 넓어지고, 군인이며 군수물자가 부족해지면서 사정은 급속히 악화되었다. 한동안 풍부했던 과일이며 식량은 소리 소문도 없이 줄어들더니 1943년 무렵부터는 일본에서 생산하는 귤조차 먹기가 힘들어졌다.

젊은 일본인들이 군인으로 징집되어 인력이 부족해지자 식민지 주민들을 강제로 징발해 광부로 끌고 오면서 노동조건도 급속히 나빠졌다.

구연철이 살던 사택과 학교 사이에는 조선인 광부들의 합숙소가 있었다. 일본말도 잘 할 줄 모르는 이들은 양편으로 늘어선 허름한 방마다 40명 넘게 수용되어 있었다. 돼지우리에도 수십 마리를 한꺼번에 넣지는 않으니 말 그대로 돼지우리만도 못한 곳이었다.

일본인 감독들은 식민지 조선인들을 진짜 돼지처럼 취급했다. 식사는 나날이 형편없어지는 데다 혹독한 구타가 예사였다. 하루는 아이들과 함께 학교에 가고 있는데 합숙소에서 사람 비명소리가 들려왔다. 호기심으로 창문에 매달려 들여다보니 웃통이 발가벗겨진 조선인 셋이 무릎을 꿇고 앉아 있는 가운데 일본인 감독이 가죽혁대로 등짝을 사정없이 후려치고 있었다. 조선인들은 울부짖기만 할 뿐 저항할 엄두도 못하는 채 등판이 부풀어 오르고 피가 줄줄 흐르도록 고스란히 모진 매를 감수하고 있었다. 끔찍하고 무서운 광경이었다.

나중에 사택에 놀러 온 조선인 광부들을 통해 몸이 아파 일을 나가지 않았다는 이유로 매를 맞았다는 사실을 알게 되었다. 아버지는 가끔씩 합숙소에 수용된 조선인들을 사택에 데려와 밥을 먹이곤 했는데 그때마다 조선인 강제징용자들이 얼마나 처참한 대우를 받고 있는가에 대해 한탄하곤 했다.

어른들이 두런두런 이야기를 나눌 때면 다들 분노로 눈빛이 이글거렸다. 하지만 깊은 한숨으로 끝날 뿐, 목숨을 걸고 저항하는 사람은 없었다. 편안하게 산 사람들은 그런 상황에서 왜 저항하지 않았느냐고 의문을 가질 수도 있지만, 빈틈없이 짜인 억압 구조 속에서 살아본 사람들은 그 이유를 알 수 있을 것이다.

전세가 불리해져 일본인은 물론 조선의 젊은이들까지 침략의 총알받이로 끌고 가면서 광부가 부족해지자 일제는 만주의 중국인들을 끌고 왔다. 연락선이 도착할 때마다 알아들을 수 없는 중국말을 하는 사람들이 수십 명씩, 때로는 백 명 넘게 쏟아져 들어왔다. 낯선 곳에 강제로 끌려온 중국인들은 두려운 눈으로 사방을 둘러보며 합숙소로 행진해 갔다. 일제는 식민지를 효과적으로 분할통치하기 위해 조선인은 이등국민이니 열심히 충성을 바쳐 일등국민이 되라고 하는 반면, 중국인은 삼등국민으로 인간 이하로 취급했다. 중국인들은 나날이 늘어났지만 포로처럼 따로 수용되어 있어 조선인들과 대화를 나눌 기회도 거의 없었다. 구연철도 가끔 중국인들과 마주쳤으나 말이 통하지 않으니 이야기를 나눌 수도 없었다.

중국인 광부가 늘어나면서 죽어 나가는 사람도 급증했다. 사고로 죽는 사람도 많았지만, 도저히 버틸 수 없는 극한노동을 견디다 못해 자연사하거나 질병으로 죽는 사람이 갈수록 늘어난 탓이었다.

얼마나 많은 사람이 죽는가는 아이들이 더 잘 알았다. 학교 교실에 앉아 있으면 나카시마 섬이 빤히 내려다보였다. 섬에서 검은 연기가 피어오르면 누군가 죽어 태우고 있다는 뜻이었다. 하시마에서 사람이 죽으면 장례식은 물론, 옷을 갈아입히거나 씻기거나 하는 절차조차 없었다. 못 쓰는 가마니짝 따위로 대충 덮어 거룻배에 싣고 가 기름을 부어 태워버렸다. 사람 시신이 타려면 오랜 시간이 필요했다. 구연철의 가족이 처음 도착한 무렵만 해도 연기가 나는 날도 있고 안 나는 날도 있었는데 전쟁이 말기로 치달으면서 하루도 빼놓지 않고 온종일 검은 연기가 피어올랐다. 학생들은 교실에 앉아 공부하면서 오늘은 몇 사람 죽었구나 하고 셈을 해보기도 했다.

지옥 같은 노동에 견디다 못한 식민지 노동자들은 간혹 탈출을 시도하기도 했다. 하시마에서 10킬로미터쯤 바다를 건너면 구마모토 현이 있었다. 중국인이나 조선인의 시각에서는 일본 전체가 섬나라이지만 하시마같이 작은 섬을 기준으로 보면 구마모토 현은 육지나 다름없었다. 가끔 구마모토 현으로 헤엄쳐 달아나려는 광부가 생겼다. 하지만 중노동으로 쇠약해진 몸으로 태평양 파도를 헤쳐 나가기란 불가능에 가까웠다. 설사 물을 건넌다 해도 잡혀 올 게 뻔하지만, 대부분 도중에 익사하고 말았다. 구연철은 아버지와 동료들이 바다를 건너다 익사한 사람에 대해 두런대는 이야기를 듣곤 했다.

다행히 아버지는 갱내 사고도 당하지 않고 일본인들로부터 크게 모욕을 당하는 일도 없이 하루하루 버텨나갈 수 있었다. 아니면 탄광 안에서 당하는 수치스런 일들에 대해 가족들에게 말하지 않았을 뿐인지도 몰랐다.

가족들도 특별히 사고를 당하거나 중한 질병을 앓는 일 없이 이국의 생활을 잘 견뎌냈다. 여동생들도 국민학교에 들어갔고 어머니는 잇달아 남동생들을 낳아 식구는 점점 늘어났다.

구연철도 학교생활에 잘 적응해 국민학교 2학년부터 6학년까지 1등의 성적을 유지하고 있었다. 어른이 되어서는 더 이상 키가 크지 않았으나 학창시절에는 키도 반에서 제일 커서 운동도 잘했다. 동급생들도 당연히 그를 일등으로 생각하며 잘 따랐다.

그러나 일본인 교사들은 그에게는 단 한 장의 상장도 주지 않았다. 늘 자기보다 공부를 못하는 일본인 학생을 일등으로 올려 우등상장을 주었다. 시험을 보고 나서 학생들끼리 점수를 맞춰보면 분명 구연철이 일등인데 발표할 때 보면 일본인 아이가 일등이라는 것이었다. 차라리 공개적으로 조선인을 차별하면 속이라도 편했을 것이었다. 일본인들은 좀처럼 자신들의 속내를 드러내지 않는 종족이었다. 그가 일등임을 누구보다 잘 아는 담임선생이 아무렇지도 않은 표정으로 일본아이에게 상장을 주고 구연철에게도 여전히 웃는 얼굴을 하는 걸 보면 분노하는 자신이 오히려 이상해질 지경이었다. 일본에 대한 반감은 실제 생활 속에서 체득될 수밖에 없었다.

엄연히 철저한 차별이 일상화되어 있음에도 조선인이 자신의 정체성을 드러내면 차별금지법을 위반했다며 폭력을 가하는 일본인들의 이중적인 태도는 어린 구연철의 눈에도 선명히 드러났다. 민족차별은 개인 사이의 문제일 뿐 아니라 국가 차원에서 강제되고 있었다. 일제는 학교는 물론 집에서도 조선어를 사용하거나 혹은 조선이라는 단어만 써도 끌고 가 조사를 하고 때렸다. 내선일체라 하여 조선과 일본은 하나가 되었으니 양 민족을 구분하는 어떤 언행도 용납할 수 없다는 것이었다.

구연철의 가족이 일본으로 건너온 직후인 1940년도부터는 조선인은 고유의 흰옷도 입을 수 없게 되었다. 남자는 검정색 작업복으로 통일하고 여자는 발목에 고무줄을 채운 헐렁한 몸뻬를 입어야 했다. 동양인 중에서도 유달리 유교적 정조관념이 강해 발목까지 덮는 치마만을 입어온 조선의 보통 여인들에게 치마 속에 입는 흰 속곳과 비슷한 통바지는 치욕이었다. 하지만 식량배급을 받기 위해서는 어쩔 수 없이 일제가 시키는 대로 해야 했다.

남동생의 눈병 사건도 일본인을 싫어하게 된 또 하나의 계기가 되었다. 하시마에서 태어난 남동생은 어찌된 일인지 태어날 때부터 한쪽 눈이 이상했다. 눈이 아픈 아이는 젖도 못 먹고 울어대기만 했는데 하시마에는 안과 병원이 없었다. 아버지는 일을 해야 했고 어머니나 할머니는 여전히 일본어에 서툴러 이번에도 구연철이 앞장섰다.

나가사키 시내에 있는 안과에 도착해 진찰을 받으니 일본인 의사는 아이의 눈이 왜 그러는지 한마디 설명조차 하지 않고, 별다른 치료도 없이 안약이나 한 방울 떨어뜨려 주고는 입원시키라고 했다. 의료보험도 없던 시절이라 병원비가 상당했지만 갓난아이가 울고 있으니 입원시키지 않을 도리가 없었다.

그런데 입원 후에도 의사는 어떤 치료도 하지 않았다. 밤새 보채며 우는 아이를 달래며 의사를 기다렸으나 코빼기도 볼 수가 없었다. 다음날 아침 의사에게 안고 가니 이번에도 물약 한 방울 넣어주고는 그만이었다.

유일한 처방이라고는 우유를 먹이라는 지시뿐이었다. 구연철이나 어머니는 그때 우유라는 걸 처음 보았다. 무척 비싸기도 했다. 어머니에게 젖이 충분히 나오고 있어 굳이 먹일 필요가 없음에도 간호사가 우유를 먹이라고 강권하니 배달시켜 먹이지 않을 수 없었다. 아이는 눈이 아파 계속 울기만 했고 의사는 다음 날에도 얼씬 하지 않았다.

사흘째 되던 날, 도저히 참을 수가 없어 간호사에게 의사선생을 모시고 와달라고 하소연했다. 간호사 역시 들은 척도 않더니 세 번이나 간곡히 호소하자 겨우 의사에게 말하겠다고 원장실로 들어갔다. 구연철은 무심코 따라가 방문 밖에 서 있었다. 그런데 일본인 의사가 간호사에게 신경질적으로 내뱉는 말이 바깥까지 들려왔다.

"센진노 야스라 호또께!"

조선놈은 그냥 내버려두라는 뜻이었다. 심장이 오그라들어

머릿속이 하얗게 되는 기분이었다. 애초부터 일본인 의사에게
는 조선인 아이를 치료할 마음이 없던 것이 분명했다. 단지 돈
을 우려내기 위해 억지로 입원시키고 비싼 우유를 먹이게 한
것이라는 생각밖에 들지 않았다.

병실로 돌아와 어머니에게 상황을 설명하니 화가 난 어머니
도 당장 퇴원하자고 했다. 퇴원하지 않는다 해도 치료를 받을
수 없으니 이러나저러나 마찬가지였다. 4일치 입원비만 물고
아이를 데려올 수밖에 없었다.

제대로 치료를 받지 못한 동생은 끝내 한쪽 눈의 시력을 상실
하고 말았다. 조선인에 대한 치료를 거절한 일본인 의사에 대
한 원한은 평생 사라지지 않았다.

일본인이라 해서 모두가 나빴던 것만은 아니었다. 전쟁이 말
기로 치닫던 6학년 때였다. 운동장에서 아이들과 신나게 놀고
있는데 젊은 일본인 선생이 지나가다 문득 발길을 멈추었다.
서른 살도 안 된 총각 선생이었다. 그는 씩 웃는 얼굴로 구연철
을 바라보며 일본어로 물었다.

"너, 조국이 어디냐?"

조선인 아이라는 걸 알고 묻는 말이었다. 일본인 학생들이야
민족문제에 대해 무슨 발언을 해도 상관없으나, 조선인이 자신
의 출신을 드러내는 말을 했다가는 바로 끌려가 호되게 야단맞

아야 했다. 구연철은 평소 배운 대로 차렷 자세로 외쳤다.

"대일본제국입니다!"

젊은 선생은 여전히 싱긋 웃는 얼굴로 머리에 가볍게 꿀밤을 주며 말했다.

"야 임마, 니 조국은 조선이다."

군국주의 교육에 길들어온 구연철로서는 놀라운 말이었다. 다른 선생들은 조선이라는 말만 나와도 혼을 내는데 저 사람이 이런 말을 하는 건 무슨 뜻일까 의아했다. 어린 눈에 보아도 선하고 진지한 젊은이였다. 그를 골리려고 한 짓 같지는 않았다. 젊은 선생이 어떤 악의도 없는 웃는 얼굴로 멀어져 가는 것을 멀건이 바라보았다.

그런데 몇 달 뒤 그 젊은 선생이 흔적도 없이 사라졌다. 보통 선생이 전근을 가게 되면 아이들과 이별의 시간을 갖기 마련이고, 서로 정이 들어 울음바다가 되기 일쑤였다. 그러나 그 젊은 선생은 어느 날 갑자기 감쪽같이 사라져버렸고 선생들은 그 문제에 대해 일체 함구했다. 학생들이 물어도 모른다고만 했다.

일본인 중에도 사회주의자들은 일본의 침략전쟁에 대해 비판적이어서 천황반대 운동에 나서는 이들이 많았다. 어떤 이들은 직접 조선인을 도와 반일운동에 동참하기도 했다. 구체적인 내막은 알 수 없었지만 그 젊은 선생도 사회주의 조직원의 한 사람으로 체포되어 갔을 거라고, 나중에 짐작해보았을 뿐이었다.

하시마에는 학생 수가 적어서 중학교 대신 고등과라는 이름으로 4년제 약식 학부가 만들어져 있었다. 정식으로 인가된 중학교에 다니려면 나가사키 시내로 나가야 했는데 조선인 광부의 아들이 그렇게까지 하기는 어려웠다. 국민학교를 졸업한 구연철이 고등과에 입학했다. 1944년, 전쟁이 막바지로 치닫고 있을 때였다.

선전포고도 없이 진주만을 공습해 미국까지 전쟁으로 끌어들이며 승승장구하던 일본군은 남태평양과 중국대륙, 인도차이나까지 무한정 늘어나는 전선을 유지하지 못해 연전연패를 거듭하고 있었다. 신문이나 라디오는 패전 소식을 숨긴 채 연일 대승을 거두고 있다고 거짓보도를 계속했으나 악화되는 상황을 숨길 수는 없었다.

쌀과 콩 등의 농산물을 비롯해 철강, 의류 등 모든 분야의 생산물이 전쟁터에 투입되면서 후방 주민들의 생활은 급격히 악화되었다. 파인애플에 망고까지 나오던 배급품은 자꾸 줄어 나중에는 쌀 대신 콩깻묵이 배급되는 지경에 이르렀다. 점령지 만주에서 생산한 콩으로 군수용 기름을 짜고 남은 찌꺼기였다. 가축의 사료로도 잘 안 쓰던, 그나마 장거리를 싣고 오는 동안 썩고 곰팡이가 난 콩깻묵을 배급받으며 일본의 세계 제패를 확신한다면 제정신이 아니었다.

이 판국에도 조선의 대다수 지식인과 저명한 문인들은 일본이 패망하는 그날까지도 일본의 승리를 굳게 믿고 젊은이와 처녀들에게 대일본제국의 영광을 위해 죽으러 가라고 연설하고 다녔다는 사실은 나중에 귀국해서야 알았다. 패망을 몰랐다면 무식한 것이고 알고도 충성했다면 사악한 자들이었다. 그런 자들이 해방된 조국의 정치지도자가 되고 대학교수가 되고 존경받는 작가가 되어 교과서의 주인공으로 대대로 영광을 누렸다. 반면 끝까지 조국의 해방을 위해 싸웠던 이들은 대부분 빛을 보지 못하고 친일파들에게 제거되거나 아니면 죽음을 피해 이북으로 가야 했다. 구연철의 눈에는 이런 현실에 대해 울분하고 투쟁하지 않은 사람들 역시 제정신으로 보이지 않았다.

구연철이 고등과 2학년에 올라간 1945년 봄에는 전선이 일본 본토로 좁혀져 들어왔다. 매일 미군 폭격기들이 날아와 나가사키의 군수공장들을 공습했지만 전투력을 상실한 일본군은 고사포 한 발 응사하지 못했다. 하시마에는 폭탄을 투하하지 않았으나 전투기들이 굉음을 울리며 날아와 기관총을 쏘아대곤 했다. 학교 수업은 마비상태로, 공습경보가 울리면 가족들을 데리고 방공호에 숨는 게 일이었다. 미군기는 마음껏 일본의 하늘을 누비고 다니며 주민들을 공포에 떨게 만들었다.

사람들은 미군기가 하시마에 폭탄을 떨어뜨리지 않는 이유는 전쟁이 끝나 일본을 점령하면 석탄자원을 활용하기 위함이라고 생각했다. 실제로 미군기는 나고야 현같이 고적이 많은 도시는 폭격하지 않는 반면, 일본 해군 함정의 주요 공급원인 미쓰비시 중공업은 거의 하루도 빠짐없이 폭격을 당해 가동이 거의 중단된 상태였다.

8월이 되면서 학생들과 가족들은 거의 하루 종일 방공호에서 지내야 했다. 어두컴컴한 방공호 바닥에 일본식 다다미를 깔아놓고 비행기 소리가 사라지기를 기다리고 있노라면 어느새 하루가 다 지나가버렸다. 잠깐씩 공습이 해제될 때면 집에 돌아와 밥을 챙겨 먹다가 다시 공습경보가 울리면 방공호로 달려가는 게 일과였다.

정확히 8월 9일이었다. 전날 밤새 계속된 공습경보로 방공호에서 밤을 꼬박 새운 구연철의 가족은 아침이 되어서야 경보가 해제되어 집에 돌아와 있었다. 오전 11시경, 어머니는 부엌에서 밥을 하고 있었고 구연철은 방에 들어가 있었다. 갑자기 컴컴한 방안까지 번쩍 하고 섬광이 들어왔다. 깜짝 놀라 고개를 들었으나 폭음소리는 들리지 않았다.

후다닥 밖으로 나가보았다. 이상하게 고요했다. 산중턱에 있는 사택 앞에 서면 하시마 섬과 바다가 훤히 내려다보였다. 진

날만 해도 공습경보 사이렌 소리와 함께 사방에 미군기 날아다니는 프로펠러 소리며 멀리서 폭탄 터지는 소리가 끊이지 않았는데 그날은 그 어떤 소리도 들려오지 않았다. 마치 전쟁이 일어나기 전의 평화가 돌아온 것 같았다. 그래서 더 이상했다. 이글거리는 한여름 태양만이 무거운 침묵에 덮인 검은 섬을 숨막히게 달구고 있었다.

아버지는 탄광에 가고 없었다. 어디선가 분명 큰일이 일어났는데, 어디에 어떤 폭탄이 떨어졌는가는 알 길이 없었다. 폭탄이라면 소리가 날 텐데 소리가 안 들린 것도 이상했다. 수십 킬로미터 먼 곳에서 폭발해 소리는 오지 못하고 섬광만 날아왔다는 사실을 알 리 없었다. 할머니와 어머니도 놀라서 사택 문 밖에 나왔으나 불안한 표정으로 둘러만 볼 뿐이었다.

섬광을 본 다른 사람들도 곳곳에서 하늘을 올려다보거나 서로 무슨 일이냐 물으며 어리둥절해하기만 할 뿐, 그 섬광이 무슨 의미인지는 아무도 몰랐다. 평생 다시는 볼 수 없을 그 강렬한 하얀 빛이 나가사키에 떨어진 원자폭탄의 섬광이란 것도, 폭발과 동시에 7만 4천 명이 즉사했다는 것도 몰랐다. 사흘 전인 8월 6일에는 히로시마에 원자폭탄이 떨어져 14만 명이 즉사했다는 사실도 하시마의 일반 주민들은 전혀 모르고 있었다.

미군기는 오후가 되고 밤이 되어도 날아오지 않았다. 다음 날도 마찬가지였다. 일본인들은 전쟁 상황에 대해 일체 입을 다물고 있었다. 침묵이 더 불안했다. 아버지는 가족을 육지로 피난 보내기로 결정했다. 이미 피난을 가버린 조선인 가족들도 있었다. 아버지는 가족을 구마모토 현에서 농사를 지으며 사는 조선인 친구 집으로 보내기로 결정했다.

구마모토는 바다를 사이에 두고 하시마에서 빤히 바라보이는 곳이었으나 직접 가는 배가 없어 일단 나가사키로 나가서 육로로 멀리 돌아가야 했다. 전화가 없어 친구의 사정이 어떤지도 모르는데 무작정 식구를 전부 보냈다가 낭패를 당할 수도 있었다. 아버지는 우선 할머니와 구연철에게 그곳 사정을 확인하고 돌아오라고 했다.

다행히 연락선은 아직 운항하고 있었다. 정체를 알 수 없는 거대한 섬광이 있던 이틀 후였다. 여전히 비행기 소리도 폭음도 들려오지 않는 가운데, 구연철은 언제나처럼 할머니의 손을 잡고 연락선에 올랐다. 일본에 온 6년 사이 할머니는 한결 쇠약해졌지만 구연철은 부쩍 커 있었다. 이제는 할머니의 메마른 손이 손아귀에 쏙 들어왔다.

배가 나가사키 항구에 접안하면서 승객들이 갑판으로 몰려나가기 시작했다. 그런데 이상했다. 평소 같으면 시끌벅적할 사람들이 너무나 조용했다. 간간이 낮은 비명과 한숨소리가 들려올 뿐이었다. 구연철은 할머니의 손을 잡은 채 사람들 사이를 비집고 내다보았다.

아무것도 없었다. 어시장이며 기차역, 번창하던 상가들로 가득하던 나가사키가 통째로 사라져버리고 없었다. 눈앞에는 불타버린 거대한 쓰레기장만이 있었다. 일본에서도 가장 번창하던 산업도시이던 나가사키 시가지가 통째로 사라져버린 것이다. 비행기가 아무리 폭탄을 쏟아 부어도 도시의 일부분만 불타고 무너지기 마련인데, 마치 하늘을 덮을 만큼 거대한 망치로 한 방에 부숴버린 것처럼, 그 위에 다시 기름을 붓고 태워버린 것처럼 도시 전체가 참혹하게 부서지고 불타버린 것이다.

공포의 침묵이 사람들을 휘감았다. 두 사람도 넋이 빠져 아무 말도 못하는 채 배에서 내려 거리로 나가보았다. 서 있는 것이라곤 없었다. 시가지가 있던 드넓은 평지에는 그 많던 일본식 목조 가옥들이 재가 되어 흔적도 없이 사라져버렸다. 간간이 불에 타지 않는 시멘트 건물의 잔해가 남아 철근을 드러낸 채 널려 있었고 간혹 쓰러지지 않은 전신주나 타다 만 나무줄기가 앙상하게 서 있을 뿐이었다. 거대한 배들이 건조되고 있던 미쓰비시 중공업까지 날아가 고철더미 바닷가로 변해 있었다. 6년 전 처음 기차를 타고 나가사키에 진입할 때 보았던, 고풍스런 일본식 목조 가옥들과 바닷가의 거대한 조선소가 어우러진

경이로움의 흔적은 어디에도 찾아볼 수가 없었다.

기차니 버스니 트럭 같은 것들도 모조리 부서지고 녹아내려 움직이는 게 없었다. 구마모토까지 걷는 수밖에 없었다. 다행히 도로에는 장애물이 많지 않아 걸을 만했다. 도대체 무엇이 이렇게 통째로 도시를 날려버렸는지 영문도 모르는 채 두 사람은 파괴된 시가지로 접어들었다.

온 사방에 시체가 널려 있었다. 부서지고 불탄 건물 사이로, 도로 위로 어디를 보나 불타고 찢어진 시체뿐이었다. 옷이 너덜너덜 찢어지고 얼굴이 으깨진 시신들은 그나마 남녀구별은 할 수 있었으나 대부분의 시신은 옷까지 새까맣게 타고 얼굴도 숯덩이처럼 익고 타버려 남녀노소 구별조차 할 수 없었다.

특히 시내를 가로지르는 개천은 거대한 무덤 같았다. 헤아릴 수 없이 많은 시신들이 개천가에 널브러져 있었다. 화상을 입어 뜨거운 열기를 참지 못하고 물까지 기어 와 죽은 이들이었다. 더러운 물속에 얼굴을 처박은 채 엎어져 있거나 검붉게 핏물 오른 배를 드러낸 채 물속에 누운 시신들이 셀 수도 없이 널려 있었다.

도시의 공공기능도 완전히 마비되어 시체를 수습하거나 건물 잔해 속에 있을지 모를 생존자를 수색하는 기색도 없었다. 아마도 소식을 듣고 타 지역에서 찾아온 친척인 듯한 이들이 신원을 확인하려는 듯 긴 막대기로 시신을 뒤집어 보는 모습이 드물게 눈에 띌 뿐이었다.

벌써 오래전부터 폭격과 죽음에 익숙해온 열다섯 소년에게는 수만 구의 시신이 널려 있는 거대한 죽음의 도시가 무섭다기보다는 신기했다. 형체도 구분 못하도록 불타 기괴한 형태로 널브러진 시체들도 너무 많다 보니 징그럽다거나 혐오스럽다는 기분조차 잊어버렸다.

구연철이 자꾸 시체들을 쳐다보니까 할머니가 등짝을 때리며 야단쳤다.

"이 녀석, 보지 마라! 그거 보면 안 된다. 쳐다보지 마라."

야단을 맞아도 자꾸만 시선이 가는 건 어쩔 수 없었다. 일본인에 대한 감정은 좋지 않았지만, 죽어 넘어진 시체들을 보며 통쾌함을 느끼지는 않았다. 물가까지 기어가 죽어간 사람들을 보며 얼마나 목이 타면 저랬을까 하는 동정심이 밀려왔다.

나가사키 외곽의 일본인 마을들 역시 우울한 침묵에 잠겨 있었다. 두 사람은 일본인 농가의 헛간에서 잠을 자고 우여곡절 끝에 다음 날이 되어서야 아버지 친구 집을 찾을 수 있었다.

아버지 친구는 먼 길을 찾아온 친구 어머니와 아들을 극진하게 반겼다. 농촌이다 보니 먹을거리도 남아 있었다. 굶주림 속에 먼 길을 걸어온 두 사람은 배불리 먹고 마음 편히 쉴 수 있었다.

비행기가 오지 않아 등화관제도 할 필요가 없는 밤에 어른들은 침침한 호롱불 주변에 모여앉아 이야기를 나눴다. 나가사키 시내에 살던 한국인들이 얼마나 죽었을까 궁금해하기도 하고 일본이 전쟁에서 밀리고 있다고, 머지않아 미군이 상륙할 거라고 속삭이기도 했다. 하지만 그때까지도 이번에 떨어진 폭탄이 어떤 종류인지, 사람이 얼마나 죽었는지는 정확히 아는 사람이 없었다. 즉사한 7만 4천 명 중에 조선인이 1만 명에 이른다는 사실은 더욱 알 도리가 없었다.

일단 공습이 멈추었으므로 서둘러 하시마의 가족을 피난시킬 필요는 없을 듯했다. 아저씨는 두 사람에게 돌아갈 길이 머니 며칠 더 쉬며 건강을 돌보라고 권했다. 그런데 이틀인가 지났을 때였다. 밖에 나갔던 아저씨가 집 안으로 뛰어 들어오며 말하는 것이었다. 음성이 부들부들 떨리고 있었다.

"철아! 전쟁 끝났다! 이제 집에 가도 된다."

1945년 8월 15일 오후였다. 다들 언젠가는 전쟁이 끝나리라 예상하고 있었으나 이렇게 빨리, 갑작스럽게 끝날 줄은 몰랐다. 할머니와 아주머니들은 서로서로 손을 잡고 기쁨의 웃음을 감추지 못했다.

드러내놓고 기뻐하지는 못했다. 36년째 일본인 밑에 살아온 사람들은 전쟁이 끝났으니 조선도 독립하리라는 생각조차 하기가 쉽지 않았다. 일본 방송은 종전 소식만 알릴 뿐 자신들이 무조건 항복해 미국의 지배 아래 들어갔다는 이야기는 하지 않았다. 설사 조선이 독립하리라는 것을 알았더라도 주위에 온통 패전의 슬픔과 분노에 사로잡힌 일본인들이 깔려 있는데 만세를 부를 수도 없었을 것이었다.

할머니는 그날로 하시마로의 귀환을 서둘렀다. 아저씨 내외는 아껴두었던 쌀을 몇 되나 보자기에 싸주며 하시마에 돌아가서 먹으라고 했다. 참으로 오랜만에 보는 귀한 쌀이었다.

쌀 보자기를 품에 안고 신이 나서 하시마에 돌아가니 식구들도 벌써 소식을 알고 있었다. 하지만 아저씨와 마찬가지로 전쟁이 끝났다는 사실만 전해 들었을 뿐, 일본이 어떤 부대조건도 없이 무조건 항복을 했다는 소리는 듣지 못하고 있었다. 종전과 패전은 다른 의미였는데 일본인들은 끝까지 교묘하게 사람을 속이고 있었다.

일본이 완전히 패배했다는 사실은 조선인 스스로 알아채야 했다. 패전 소식이 알려지면서 기가 죽어 고개도 못 들고 다니던 일본인 감독들이며 관리직들이 갑자기 모조리 사라져버린 것이다. 일본 천황이 종전선언을 한 지 사흘쯤 지난 아침이었다. 사무실도 서류를 태우거나 가져간 채 텅텅 비었고 탄광 입구도 얼씬도 못하게 폐쇄되어 있었다. 일본인 광부들조차 눈에 띄지 않았다. 조선인들은 그들이 밤중에 연락선을 타고 달아나 버렸음을 알았다. 그리고 비로소 그리운 고향으로 돌아갈 수 있음을 깨달았다. 그제야 마음 놓고 너도나도 끌어안고 기쁨의 눈물을 흘리며 친한 사람들끼리 모여 고향으로 귀환을 서둘렀다.

해방의 소식은 아이들도 들뜨게 했다. 아이들은 그 잔인하고 무섭던 일본인들이 사라져버린 섬을 이리저리 마음껏 뛰어다니며 해방을 즐겼다. 구연철도 조선인 친구들과 어울려 어디 숨어 있는 일본놈 하나 없나 하고 밤늦도록 제방 길을 뛰어다녔다. 유달리 조선인을 괴롭히던 악랄한 감독이라도 하나 잡으면 실컷 두들겨 패줄 생각이었다.

한참 신나게 돌아다니던 구연철 일행이 선착장에 가 보니 동굴 입구에 붙어 있던 영광의 문이라는 현판이 사라지고 없었다. 대신 힘차게 휘갈겨 쓴 새로운 현판이 붙어 있었다.

'지옥의 문'

누군가 영광의 문이란 현판을 떼어내고 지옥의 문이라 써서 붙여놓은 것이었다. 누가 써놓았는지는 알 수 없지만, 적의 땅, 원수의 땅에 강제로 끌려와 뼈만 앙상하게 남도록 혹사당하다가 죽어간 이들의 영혼을 위로하는 듯했다.

한 가지 이상한 것은 중국인들도 하루아침에 사라져버렸다는 점이었다. 만주에서 강제로 끌려온 중국인 노동자가 천 명

가까이 되었는데 일본인들이 밤을 틈 타 사라진 다음 날 아침부터 한 명도 눈에 띄지 않았다.

쓸 만한 배는 모두 전쟁에 징집되어 조선인들도 귀국하지 못하고 있는 상황에서 천 명을 수용할 만한 배가 이렇게 빨리 왔을 리가 없었다. 중국인을 돼지만도 못하게 취급하던 일본인들이 갑자기 친절해져서 종전 사흘 만에, 행정력 자체가 공백이던 시기에 그들을 배에 태워 무사귀환시킨다는 자체가 있을 수 없는 일이었다.

설사 큰 배가 왔다 하더라도 두어 대뿐인 거룻배로 그 많은 인원을 실어 나르려면 하루 종일 걸려야 할 것이었다. 조선인들이 모두 잠든 깊은 밤을 이용해, 아무도 잠에서 깨어나지 않도록 조용히 그 많은 인원을 이동시킨다는 건 불가능한 일이었다.

섬에 남은 것은 조선인들과 오키나와 사람들뿐이었다. 다들 고향에 돌아갈 생각에 들떠 사라진 중국인들에 대해 깊이 생각하거나 찾아보지 않았으나 참으로 기괴한 일이었다. 어른들은 일본인들이 사라지던 그날 밤 무언가 무서운 일이 벌어졌으리라 의혹은 가졌겠지만 천 명을 한꺼번에 죽인다는 것은 순박한 조선인들의 상상의 영역을 벗어나는 일이었다.

구연철은 그 당시에는 어려서 깊이 생각하지 못했으나 시간이 지나면서 일본인들이 중국인만 골라 일하라고 갱 속에 들여보내놓고 입구를 폭파해 몰살시킨 것은 아닐까 의심하게 되었다. 귀국길에 오른 조선인들이 탄 배를 고의로 침몰시키거나 전쟁터에 강제로 끌어가 일본군의 성노예로 삼았던 조선과 중국의 여성들을 집단학살한 사례를 알게 된 후의 일이었다.

모든 정황으로 보아 중국인들이 한 맺힌 하시마 섬을 떠나지 못한 것은 확실했다. 구연철의 가족을 포함한 조선인 여덟 가구가 하시마를 떠나는 데 일주일 넘게 걸린 것만으로도 알 수 있었다. 원폭을 맞은 나가사키 일대에는 천 명을 태울 배는커녕 이삼십 명을 태울 만한 배도 남아 있지 않았다. 돈이 있어도 배가 없었다.

아버지와 친구들은 겨우 작고 낡아빠진 화물선 한 척을 찾아낼 수 있었다. 조선으로 가는 화물선에는 경상도, 전라도, 충청도 사람이 골고루 섞여 있었다. 구연철의 형제가 많다 보니 아이들도 여덟 명이나 되었다. 배가 지옥의 문을 등지고 달리기 시작하자 어른들은 감격으로 말을 잊었다. 여자들은 점점 작아지는 하시마를 바라보며 눈물을 훔치기도 했다. 하지만 아이들은 아무 생각도 없이 천진난만하게 웃고 떠드느라 바빴다.

배는 부산으로 향하기 전에 잠시 하카다라는 항구에 들렀다. 식량을 사기 위해서였다. 종전과 함께 배급제도 사라져 마음대로 식량을 거래할 수 있었다. 부산까지는 하룻길이었으나 도착하고서도 각자 자기 집까지 가려면 식량이 충분해야 했다. 넉넉히 쌀 한 가마니와 절인 생선 따위를 산 후 오후 3시가 넘어 출항했다.

승객을 위한 선실도 없이 화물칸뿐인 데다 비좁고 더럽기 짝이 없었지만 다들 고향에 간다는 희망에 부풀어 있었다. 약한 여자들은 배가 뜨자마자 멀미를 하느라 서리 맞은 풀처럼 흐느적거렸으나 남자 어른과 아이들은 얼굴에 웃음이 떠나지를 않았다. 남자 어른들은 사 온 쌀로 밥을 해 주먹밥을 만들어 나눠주고, 마음껏 한국어로 이야기를 나누느라 밤을 꼬박 새우다시피 했다.

"제주도가 보인다!"

다음 날 아침, 어른들의 함성이 아이들을 깨웠다. 여자들은 멀미에 쓰러져 기척을 못하고 아이들만 신이 나서 갑판으로 몰려 나갔다. 아이들로서야 그게 제주도인지 아닌지 알 수 없었으나 멀리 육지가 보이고 어른들은 기뻐서 어쩔 줄을 모르고 있었다.

마침 축하라도 하듯이 돌고래들이 배 주위를 따라오며 삑삑

소리를 내고 있었다. 몇 마리인지도 알 수 없는 돌고래들이 사방에서 검은 머리를 내밀었다가 가라앉으며 묘한 소리를 내는 신기한 광경에 어른 아이 할 것 없이 신이 나서 손가락으로 가리키며 탄성을 지르고 웃어댔다.

돌연 풍랑이 몰아쳐 온 것은 제주도가 한결 가까워졌을 때였다. 갑자기 거센 바람이 불면서 수평선이 물거품으로 하얗게 변하더니 시커먼 물이 사납게 출렁이기 시작했다. 마치 거대한 누군가가 바다를 양손에 쥐고 마구 흔들어대는 듯했다. 톤수도 알 수 없는 작은 화물선은 바다의 장난거리도 되지 않았다. 배가 거대한 파도 마루를 타고 오르면 사방에 새파란 하늘만 보이다가 추락이라도 하듯 깊은 물결 속으로 쑤욱 빠져들면 온 사방이 물의 절벽으로 둘러싸였다. 차갑고도 짠 물이 들이붓듯 쏟아져 내려 뱃사람들이며 어른들을 흠뻑 적시고 부녀자들이 내려가 있는 화물칸까지 물을 뿌려댔다.

화물칸의 부녀자들은 배가 요동치는 대로 이리저리 쓰러지고 나뒹굴며 비명을 질렀다. 사방이 튀어나온 모서리와 짐들이어서 붙잡고 있을 곳이 마땅치 않았다. 어딘가 양손으로 단단히 붙잡고 있어도 배가 파도 밑바닥으로 떨어지며 충격을 받으면 그대로 놓치고 튕겨서 맞은편 벽이나 다른 사람에게 부딪히는 판이었다. 엄마들은 이리 뒹굴고 저리 부딪히면서도 공포에 질려 울부짖는 어린아이들을 보호하느라 혼신을 다했다.

아득히 보이던 육지는 이내 사라져버리고, 가뜩이나 낡은 데다 파도와 싸우느라 무리한 배는 기관 고장까지 일으켜 시동이 꺼지고 말았다. 파도가 조금씩 가라앉으면서 조선인들까지 힘을 합쳐 배를 고치려 안간힘을 썼지만 소용없었다. 처음엔 담담하던 일본인 선원들도 두려움에 질린 표정이 역력했다. 풍랑은 오후가 되면서 가라앉았으나 기관은 복구되지 않았다. 어둠까지 찾아오면서 더 이상 할 수 있는 일이 없었다. 배는 거친 해류를 따라 어두운 밤바다를 흘러가기 시작했다.

기적이 일어난 것은 다음 날 아침이었다. 멀리 육지가 보여 확인해보니 하카다 지방이었다. 처음 떠날 때 식량을 사서 실었던 하카다 항이 있는 곳이었다. 지나가는 배에게 구조를 요청하고 밧줄을 걸어 어렵사리 사세호라는 이름의 작은 포구로 들어갈 수 있었다. 먼 바다로 나가는 해류에 걸렸다면 조선인 여덟 가족과 일본인 선원 다섯 모두 영영 살아나지 못했을 것이었다.

사세호에 닻을 내린 일본 선원들은 엔진을 분해해 망가진 부품을 들고 멀리 큰 도시로 고치러 갔다. 어른들은 혹시나 일본인들이 그대로 달아날까 걱정이 되어 선원 중 두 명은 배에 남아 있도록 요구했다. 선원들은 자기 배를 놔두고 어딜 도망가겠냐며 웃었으나 일본인에 대한 불신과 증오로 가득 찬 조선인들의 고집을 꺾지 못했다. 구연철과 아이들은 남은 두 일본인 선원을 지키는 데 한몫했다.

다행히 일본인들은 며칠 만에 부품을 고쳐 왔고, 조선인들을 무사히 부산항에 데려다 주고 돌아갔다. 표류한 지 일주일 만인 1945년 8월 말이었다. 구연철의 나이 15세, 일본생활 6년 만의 귀향이었다.

구연철은 훗날, 그날의 풍랑을 조선의 운명과 연관 지어 생각하곤 했다. 겨우 하룻밤이면 도착하는 부산에 일주일이 걸려가게 된 과정이 조선민족이 겪은 시련과 비슷하다고 생각했다. 제주도를 눈앞에 두고도 풍랑에 휘말려 적의 땅 일본으로 돌아가야만 했던 사연이 마치 해방의 기쁨을 누릴 사이도 없이 외세의 농간으로 같은 민족끼리 피 흘리며 싸워야만 했던 아픔을 상징하는 것만 같았다.

실로, 그의 가족이 겪었던 풍랑처럼, 해방은 되었다지만 조선인이 겪어야 하는 고통은 아직 끝나지 않았다. 일제 침략기보다 더 쓰라린 고난이 조선인들을 기다리고 있었다.

3.

분노의 서울

해방 직후 조선 땅에 존재한 가장 강력한 정치세력은 조선공산당과 조선공산당이 주도한 인민공화국이었다.

공산주의자들이 널리 민중의 지지를 받았던 이유는 일제 식민지 중반기인 1920년대 이후의 항일독립운동을 주도해왔기 때문이었다. 국내에는 여운형, 박헌영을 중심으로 한 항일 조직운동이 계속되었고 만주에는 김일성 등의 무장투쟁이 후반기 투쟁을 주도했다. 중국공산당 팔로군 포병사령관 김무정 등은 중국 내륙에서 일본군과 최후까지 전투를 벌여왔다. 이런 소식들은 국내외 조선인들에게 널리 알려져 있었고 해방 당시 이들에 대한 민중의 지지는 압도적일 수밖에 없었다.

해방 20일 후인 9월 6일에 선포된 인민공화국은 조선공산당을 중심으로 한 좌익이 주도하고 있었다. 인민공화국은 조선반도 전역에 지역 인민위원회를 조직해 관청과 경찰서를 접수했다. 이미 해방 전에 여운형을 중심으로 만들어놓았던 건국준비위원회의 연장선이기도 한 인민위원회는 치안질서 유지와 금융, 교육 등 국가가 해야 할 업무를 대신했다. 도망치지 못한 일본인들을 보호해 무사히 일본으로 돌려보내는 일이며 해외에서 귀국하는 엄청난 숫자의 조선인들에게 환영식을 열어주고 잠자리와 식사를 제공하는 일까지 했기 때문에 해외에서 막 돌아온 귀환동포들은 인민위원회의 활동을 보고 자신의 조국에 벌써 새로운 정부가 세워진 것으로 착각하기도 했다.

구연철의 가족이 귀환했을 때는 아직 인민위원회도 만들어지지 않고 미군이나 소련군도 들어오지 않은 권력 공백기였다. 도시에는 건국준비위원회가 활동하고 있었으나 양산 같은 시골에는 들어오지 않았다. 하지만 어떤 혼란도 없이 평안하기만 했다. 36년 식민지 지배기간 동안 일본인들이 죽인 조선인이 이십만 명은 되리라고 알려졌으나 해방 직후 흥분한 조선인들에게 맞아죽은 일본 관헌은 백 명도 되지 않았다. 기나긴 원한의 세월에 비해 조선인들의 복수는 너무나 점잖은 수준이었다. 조선인들은 해방의 감격을 누리기에 바빠서 복수 따위는 생각하지 않는 듯했다.

아버지는 고향 양산에 도착하자마자 일본에서 모은 돈을 털어 농가 한 채를 샀다. 작은 텃밭이 딸리고 햇볕이 잘 드는 초가집으로, 토굴같이 음습했던 광부사택에 비교할 수 없이 좋았다. 석탄가루 날리는 삭막한 섬을 떠나 풀 향기 신선한 고향에 돌아온 것만으로도 다들 행복해했다.

밤이 되면 마을마다 잔치가 열렸다. 각자 먹을 것을 싸 갖고 모여 왜놈 치하에서 겪어야 했던 이런저런 이야기를 나누다 보면 누군가 벌떡 일어나 만세를 외쳐 부르기 마련이었다. 그러면 다들 덩달아 일어나 만세를 외쳐댔다. 열 번도 좋고 스무 번도 좋았다. 어떤 사람은 덩실덩실 춤까지 추었다. 활짝 웃으며 만세를 부르는 사람들의 눈에는 하나같이 눈물이 그렁그렁했다. 청년들은 마을 뒷산에 올라가 봉화를 피워 올리기도 했다. 한 마을에 봉화가 피어오를 때면 이웃 동네 산꼭대기에도, 먼 마을 뒷산에도 붉은 불이 피어오르는 게 보였다. 마을잔치와 만세함성은 해방되고 한 달이 지나도록 계속되었다.

사람들이 점차 흥분을 가라앉히고 주위를 둘러보게 된 것은 조선반도가 북위 38도를 기준으로 남북으로 갈려 남쪽에는 미군, 북쪽에는 소련군이 진주했다는 사실이 확실히 인식된 9월 중순부터였다. 일본군의 무장해제를 위해서 들어왔다지만 일본보다 더 강한 두 강대국 군대의 지배를 받게 되었다는 자체가 조선인들을 불안하게 했다.

특히 9월 8일 인천을 통해 진주한 미군은 9월 9일 미군정의 수립을 선포하면서 인민공화국을 포함해 조선인들이 구성한 어떤 정부도 인정할 수 없다고 선언했다. 미군의 성명은 자신들이 점령군임을 명확히 밝히고 있었다.

이는 소련군이 자신들은 조선민족의 해방을 위해 들어온 해방군이며 소련군정은 인민위원회를 지지하고 후원하겠다고 밝힌 것과 대조적이었다. 소련군은 실제로 해방 반년 만인 1946년 2월에 북조선 임시인민위원회를 수립하게 하여 사실상 정부 역할을 하도록 인정했다. 반면 미군은 이미 결성된 인민위원회들을 해산시키는 데 주력했으며 전라도에서는 이에 항의하던 조선인이 사살당하는 사건까지 일어났다.

분단된 조선반도의 남쪽을 관리하게 된 미국은 애초부터 경제발전이나 정치적 자립에는 관심이 없었다. 2차대전 종전과 함께 동유럽의 대부분을 차지한 공산주의 소련의 아시아 진출을 막는 것이 미국의 최우선 과제였다. 조선반도의 북부지역을 소련이 장악한 가운데 일본군이 밀려난 중국대륙 역시 공산당 세력이 급속히 확장되어 머지않아 공산당 정권이 수립될 것이 확실했다. 미국은 자국 내부의 공산주의를 박멸하는 매카시즘을 일으키는 한편 전 세계적으로 자본주의를 수호하기 위한 성전에 들어갔다. 20세기 인류를 공포로 몰아넣은 동서냉전의 시작이었다.

두 차례나 자기들끼리 잔인한 살육전을 벌였던 자본주의 제국들은 대공 전선에서는 일치 단합했다. 미국은 수년간 엄청난 피를 흘리며 대적했던 일본을 아시아 자본주의의 보루로 삼기로 하고 굳은 동맹을 맺었다. 미국에게 조선반도는 공산주의와 자본주의의 완충지대이자 일본을 지키기 위한 충돌의 무대일 뿐 그 이상의 의미는 없었다. 이남은 일본을 지키기 위한 희생양이 되었다. 이 정책을 수행하기 위해서는 우선 38선 이남의 공산주의 세력을 소멸시켜야 했다. 그 역할은 무식하고 거만한 미군 장교들이 운영하는 미군정과 이승만을 위시한 친미반공 세력이 맡았다.

이남의 경제적, 정치적 자립에 무심한 채 처음부터 이념대립에 몰두한 미군정의 정책은 이남을 급속히 혼란에 빠뜨릴 수밖에 없었다. 공산당이 합법화되어 평화적인 정쟁을 벌이며 사회 발전의 한 축으로 작용하던 일본이나 유럽의 경우와는 전혀 다른, 철저한 탄압과 극단적인 반발의 악순환이 시작된 것이다.

먼저 여운형과 조선공산당이 이끄는 인민공화국을 부인하고 전국에 만들어진 인민위원회들을 없애기 시작한 미군정은

1946년 5월 조선공산당이 위조지폐를 만들었다는 정판사위폐 사건을 발표해 공산당에 대한 대중적 지지에 치명타를 가했다.

박헌영과 함께 조선공산당의 핵심지도자였던 이관술이 그 주범으로 몰려 체포되었고 경찰 발표의 허구성을 입증하던 현대일보 등 진보계열 3개 신문사는 강제 폐간당했다.

조선일보와 동아일보 등 우익계 신문들은 연일 경찰과 검찰의 주장만을 게재함으로써 공산당이 위조지폐를 만들었다는 주장을 사실로 각인시켰다. 위폐사건은 신탁통치 문제와 함께 공산당에 대한 대중적 지지를 크게 훼손시켰다.

미군정은 이에 만족하지 않고 8월 하순에 박헌영, 이주하 등 공산당 지도부에 체포령을 내려 공산당 자체를 없애려 들었다. 공산당 지지자들은 이에 맞서 9월 23일 철도 총파업을 시작으로 전국적인 항의 파업에 돌입했다. 미군정과의 본격적인 투쟁의 시작이었다.

구연철이 서울에 올라간 것은 미군정과 조선공산당이 본격적으로 대립하기 시작한 이 무렵이었다.

부모님은 학교 근처에도 가보지 못한 이들이었다. 여덟 식구가 마음 놓고 등을 눕힐 수 있는 집을 마련한 다음의 소원은 자식들을 가르치는 것이었다. 특히 일본 아이들과의 경쟁에서도 늘 일등을 차지했던 맏아들만은 제대로 가르쳐 집안을 일으켜 세우고 싶어 했다.

하시마에서 고등과 2학년을 다니다가 온 구연철은 4년제 중학교에 편입할 자격을 갖추고 있었다. 마침 해방 이듬해인 1946년 양산에도 중학교가 세워졌다. 양산의 전통사찰인 통도사에서 세운 보광중학교였다. 아버지는 그를 보광중학교에 입학시켰다.

그러나 아직 제대로 학생을 가르칠 여건이 못 되는 학교였다. 불만족스러워하던 아버지는 이리저리 물색한 끝에 서울에서 한양대학교에 다니고 있던 집안 친척 김두영을 찾아냈다. 그의 방에서 함께 자취하며 중학교에 다니기로 이야기가 되었다. 아버지는 집 떠나는 아들을 앉혀놓고 말했다.

"이왕에 공부를 하려면 서울에서 하라고 보내는 기다. 그렇지만 학비를 꼬박꼬박 보내줄 형편은 못 되니 니 재주껏 공부를 해봐라."

어머니가 싸준 옷가지에 된장, 고추장까지 싸들고 부산역에서 야간열차를 탔다. 시커먼 연기를 뿜어내는 증기기관차였다. 열차는 거의 모든 역마다 멈추어 손님을 실어 내리느라 마냥 느렸다. 어떤 역에서는 한 시간씩 멈춘 채 물을 받고 석탄을 싣기도 했다. 언덕을 올라갈 때면 힘에 부쳐 걷는 것만큼이나 느렸고 터널에 들어가면 시커먼 연기가 객차 안으로 스며 들어와 사방에서 재채기를 해댔다. 부산에서 서울까지 겨우 440킬로미터를 가는 데 꼬박 하룻밤이 걸렸다. 해가 훤한 아침에 기차에서 내리는 사람들의 얼굴은 불장난이라도 한 듯 시커멨다.

서울역 광장에는 지게꾼들이 바글바글 했으나 돈을 아끼기 위해 무거운 짐을 양손에 나눠 든 채 편지에 적힌 대로 김두영의 집을 찾아 나섰다.

이제는 흔적도 없이 사라져버린 나가사키가 일본 고유의 색깔로 통일되었던 것과 달리, 서울은 여러 시대, 여러 나라의 건축양식을 뒤섞어놓은 것처럼 보였다. 5층 넘는 건물은 거의 없어 북악산과 남산이 시원하게 바라보이는 거리에는 일제 때 지어진 유럽풍의 붉은 벽돌 건물들이 즐비하게 늘어선 반면, 남대문에서 남산으로 이어지는 성곽 주변에는 아직도 누런 초가집들이 게딱지처럼 붙어 있었다. 명동 일대부터 종로통에는 일본식 이층 목조 가옥들과 옛 한옥들이 부조화를 이루며 뒤섞여 있었는데 그 너머로는 육백 년 조선왕조를 지켜온 왕궁들이 주인을 잃은 채 조용히 잠들어 있었다.

행인들의 복장도 다양했다. 전통적인 조선의 흰옷을 입은 서민부터 깔끔한 양복에 모자까지 쓴 신사까지, 계급장 뗀 누런 일본 군복을 입은 사람부터 카키색 미군 군복을 고쳐 입은 사람까지 뒤섞여 있었다. 여자들의 복장도 가지각색이었다. 화사한 한복에 색동고무신을 입은 여인부터 뾰족구두에 종아리가 드러나는 양장을 입고 입술에 빨간 연지를 바른 처녀, 일제 말기의 몸뻬 바지를 입은 시장 아낙네들까지 각양각색의 여성들이 남자들 사이를 자유롭게 오가고 있었다. 가끔은 넓은 양반갓을 쓰고 검은 두루마기에 곰방대까지 문 노인도 지나가고 조선인들보다 머리통 하나는 더 큰 미군도 종종 눈에 띄었다.

서울은 난생 처음 와보지만 어쩐지 낯설지 않은 도시였다. 일본인들이 물러난 내 조국의 수도라는 기분 때문이었다. 갑갑한 시골을 떠나온 흥분이기도 했고 제대로 공부를 할 수 있다는 기쁨이기도 했다.

김두영은 한양대 공대 학생으로 친형인 김두만과 함께 문화당 인쇄소에서 일해 돈을 벌며 공부하고 있었다. 문화당은 훗날 국정교과서를 발행하는 대한교과서가 되는데 당시에도 교과서를 찍고 있었다.

구연철은 두 형제가 자취하는 방에 함께 살면서 대신중학교 2학년에 편입원서를 냈다. 질서가 잡히지 않은 시절이라 시험도 보지 않고 서류만으로 들어갈 수 있었다.

큰아들을 올려 보내며 학비 걱정을 했던 아버지는 어려운 살림 속에서도 꼬박꼬박 공납금을 보내왔다. 용돈을 쓸 처지는 못 되었으나 공부는 마음 놓고 할 수 있었다. 그러나 그의 마음을 사로잡은 것은 학과공부가 아니라 해방된 조선의 현실이었다.

김두영은 일 끝나고 돌아온 밤이나 노는 날이면 돌아가는 정세에 대해 이야기해주곤 했다. 주로 이승만 세력과 미군정의 잘못을 지적하는 내용들이었다. 이남 사람들의 다수는 원로 독립운동가이며 미국의 절대적 지지를 받고 있는 이승만을 새 나라의 대통령감으로 생각하고 있었다. 구연철 역시 처음에는 그렇게 생각했다. 하지만 김두영 형제는 이승만이 나라를 이끌기는커녕 큰일을 저지를 파렴치한 사람이라고 가르쳐주었다.

이승만은 일제시절 망명한 독립운동가들이 세운 임시정부의 초대 대통령으로 선출되었다가 독선과 아집으로 탄핵당해 미국으로 쫓겨났던 사람이었다. 미국에 가서는 만주 등지의 항일 무장투쟁을 비현실적인 테러운동이라고 비판하며 미국으로 이민 온 어려운 조선인들의 돈으로 미정부 관리들에게 자신을 부각시키는 로비에만 전념했던 사람이었다.

해방되자 미군극동사령관 맥아더가 보내준 비행기를 타고 귀국한 이승만은 김구 등 무장독립운동가들을 극우테러단이라며 배척하고 '뭉치면 살고 흩어지면 죽는다'는 구호를 내세워 돈 많은 친일파들을 규합해 대통령의 꿈을 키우고 있었다. 전

재산을 몰수당하고 처형되어야 마땅했던 친일매국노들은 이승만을 대통령으로 만드는 것만이 살길이라는 계산 아래 재빨리 이승만 밑에 줄을 섰다.

김두영은 이승만 이야기만 나오면 얼굴이 붉어지도록 흥분했다.

"이북에서는 친일파들이 일체 들어가지 않은 임시인민위원회를 만들어 새로운 조국을 건설하기 위해 혼신을 다하고 있는데, 이승만은 돈 많은 민족반역자들을 끌어 모아 금권정치를 하다니 말이 되나? 여기에 일제 막판에 친일에 앞장섰던 조선일보니 동아일보 같은 매국 언론이 가세해 이승만을 국부로 선전하고 있으니 말이 되나 말이다."

이북의 인민위원회는 친일 대지주들의 토지와 일본인 소유 기업들을 몰수해 무상으로 분배하는 작업에 착수하고 있었다. 이에 불만을 품은 지주며 그 자녀들이 끊임없이 38선을 넘어 이남으로 내려오고 있었으나 이북에 남은 주민들은 김일성 위원장이 이끄는 인민위원회를 지지하고 있었다.

대부분 자기 땅이 거의 없는 빈농이던 이남 주민들에게 이북의 토지개혁 소식은 미군정에 대한 불만을 더욱 부추겼다. 공산주의에 대한 두려움에 사로잡힌 이승만은 이 무렵부터 벌써 38선 이남 지역에 단독정부를 세워야 한다고 주장하고 나섰다.

자신이 대통령이 되는 것을 전제로 한 말이었다. 대통령만 될 수 있다면 민족의 분단 따위는 아무 문제가 되지 않을 사람이었다.

일제의 충복이 되어 경제계와 학계, 언론과 문화예술까지 장악하고 있던 친일매국노들은 모든 금권과 학문적 영향력을 동원해 이승만 대통령 만들기 여론을 조성해나갔다. 불과 1년 전만 해도 미국 박멸을 부르짖으며 조선인 젊은이들을 대미 전쟁터로 몰아넣었던 자들이 돌연 철저한 친미파로 변신한 것이었다. 이북에서 재산을 빼앗기고 내려온 반공청년들이 그 전위대가 되어 공산주의자들을 죽이는 데 앞장섰다.

김두영은 조선공산당을 중심으로 한 공산주의자들이 당장 모든 제도를 철폐하고 공산주의 사회를 만들려는 게 아니란 것도 가르쳐주었다.

"언젠가는 만민이 평등한 공산주의 세상을 만들 수 있겠지. 하지만 지금은 민주주의를 이룰 단계라는 걸 누구보다도 조선공산당이 잘 알고 있다. 공산당이 개인재산도 빼앗고 처자식도 공동으로 소유한다는 저놈들의 선전은 새빨간 거짓말이다. 지금 이북에서 시작한 토지개혁도 국가가 땅을 갖는 게 아니라 매국노들이 빼앗아 간 땅을 농민들의 개인소유로 돌려주는 것뿐이다. 왜놈 자본가와 매국노들이 소유했던 공장을 민족자본가나 노동자에게 나눠주는 것뿐이다. 이렇게 자유롭고 평등한 가운데 민주주의를 발전시켜나가다 보면 인민들의 민주주의 의식이 성장하고 생산력이 고도로 발전하지 않겠나? 언제가 될지 모르지만 그 단계가 되어야 공장이나 농지를 사회적으로 운영하는 사회주의를 도입할 거다. 그리고 다시 먼 훗날, 더욱더 생산력이 발전해 물자가 남아돌면 굳이 네 것 내 깃 따질 것 없이 모든 것을 공동으로 소유하고 공동으로 사용하는 공산주의가 도래한다 이 말이다."

김두영의 설명은 구연철의 가슴에 쏙쏙 들어왔다. 김두영은 말귀를 잘 알아듣는 데다 야무지고 의지가 강한 구연철을 무척 아꼈다. 그는 어딘가 나갔다 돌아올 때면 독립신보 같은 진보적인 신문들을 갖다 주거나 사회주의 사상을 담은 소책자들을 품에 숨기고 와서 건넸다. 변증법적 유물론, 사적유물론 같은 철학서적부터 러시아혁명사, 레닌과 스탈린의 저서들이었다.

일제강점기 때에는 일본어로만 나오던 책들이 종이 질이나 인쇄술은 조악하나마 조선어로 번역되어 출판되었는데 대동인쇄소 등 조선공산당에서 운영하는 인쇄소에서 찍어내고 있었다.

십대 후반의 구연철에게 사회주의 이론은 새로운 세상을 열어주는 신선한 충격이었다. 지금까지 생각해보지도 못했던 전혀 딴 세계가 열리는 기분이었다. 일본의 조선 침략과 두 차례 세계대전이 모두 자본주의의 무한 경쟁으로 빚어졌다는 것, 러시아에서는 레닌과 스탈린 같은 위대한 혁명가들이 자본주의를 무너뜨리고 새로운 세상을 만들었다는 것, 노동자와 농민이 역사의 주인이 되어야 하고 그럴 수 있다는 것 등 한 마디 한 마디가 경이로웠다.

사회주의 학습에 빠지자 출세를 위한 학과공부는 눈에 들어오지도 않았다. 학교에서 돌아오면 밥도 먹는 둥 마는 둥 책 읽기에 정신을 잃었다. 완전히 이해하기는 어려웠다. 김두영은 너무 바빠서 책의 내용까지 자세히 가르쳐주지는 못했다. 신문까지는 쉽게 이해가 되었지만 경제와 철학은 무슨 말인지 모를 부분이 더 많았다. 그래도 독서 자체가 그렇게 즐거울 수가 없었다.

책과 신문을 얻어다 준 당사자인 김두영이 오히려 걱정을 할 지경이었다. 김두영은 독서에 빠진 구연철을 가만히 지켜보다가 말하곤 했다.

"연철아, 그렇게 재미있나? 그래도 너무 지나치면 안 된다. 세상을 두루 알려면 학과공부도 열심히 해야지 사회과학만 읽으면 안 된다. 오늘은 학과공부부터 해라. 학과공부 열심히 하면 내가 다른 책도 갖다 줄게."

지적이고 정의감 넘치면서도 모나거나 편협하지 않은, 반대되는 생각을 가진 사람에게조차 인간적으로 따뜻하고 너그러운 김두영은 구연철의 인생에 길잡이가 되었다.

김두영의 충고에도 불구하고 모범생이 되기는 어려웠다. 학과공부에 흥미를 잃은 데다 중요한 정치집회마다 참석하다 보니 출석일수도 채우기 힘들었다. 학교 자체도 제대로 운영되지 않았다. 미군정 정책에 반대하는 시위에 가담해 제적당하는 학생도 여럿 있었고 입학만 해놓고 출석하지 않는 학생도 많았다. 학교 측은 새로운 학생을 뽑아 빈자리를 채웠는데 학생들 사이에 학습 진도가 맞지 않으니 면학분위기가 조성될 수가 없었다. 구연철도 거의 학업은 포기한 상태가 되었다.

대학까지 포기한 것은 아니었다. 김두영은 대학에 가서 제대로 공부를 하여 장차 만들어질 새 나라의 기둥이 되라고 간곡히 충고하곤 했다. 아들을 믿고 맡긴 구연철의 아버지에 대한 의리이기도 했다. 구연철은 김두영의 충고대로 적절히 학과공부를 병행했으나 눈과 귀는 여전히 사회현실에 열려 있었다.

공산주의 퇴치에만 몰두할 뿐 민중생활을 위한 어떤 현실적인 조치도 없이 미국인들이 쓰다 버린 헌옷가지나 곡물의 과잉생산으로 태평양에 버리던 밀가루 원조에 의존하는 미군정의 경제정책은 날이 갈수록 광범위한 반발에 부딪히고 있었다.

일제가 조선에 세운 공장들은 주로 만주와 38선 이북 산악지대에서 약탈한 원료를 가공해 일본으로 수출하는 곳들이었다. 해방으로 남북이 분단되고 일본과 거래가 끊기면서 많은 공장이 가동을 중단할 수밖에 없었다. 미군정은 이에 대한 대책은 내놓지 못한 채 친미세력에게 공장을 분할하는 데 급급했고 거의 무상으로 공장을 인수한 자들은 생산을 회복하기보다는 기계를 해체해 팔아먹고 땅을 차지하는 데 혈안이 되었다. 일본인들이 버리고 간 적산가옥들도 친일파였던 친미세력의 재산을 불리는 역할만을 했다.

미군정의 고압적인 식량정책은 농촌경제까지 파탄시켰다. 곡물가격을 안정시키겠다고 농민들이 생산한 쌀을 일괄적으로 강제 수매해 도시에 공급했는데, 그 과정에서 배를 불리는 자들은 강제수매를 맡은 경찰과 관료 아니면 상인들뿐이었다. 쌀값은 도리어 하루가 다르게 폭등해 도시민들을 굶주리게 했고 농사를 지은 농민들조차 쌀밥을 먹을 수 없게 되었다.

미군정에 대한 불만이 임계점에 도달했던 1946년 10월 1일, 쌀을 배급받지 못한 대구 시민들의 자생적인 시위에 경찰이 실탄사격을 가해 노동자 두 사람을 사살하는 사건이 터졌다. 공교롭게도 공산당 지도부에 대한 체포령과 철도파업으로 혼란이 계속되고 있던 시점이었다.

다음 날, 흥분한 대구시민들이 죽은 노동자의 시신을 앞세우고 경찰서를 습격해 무장함으로써 자생적인 폭동이 시작되었고, 뒤늦게 가세한 공산당 지지자들의 선동으로 남부전역과 중부지역까지 빠르게 번져나갔다.

10월 항쟁이라 불리는 이 사건으로 2백 명 이상의 농민과 노동자가 죽고 2천 명 이상이 구속되었다. 경찰에 쫓긴 일부는 산중으로 달아나 야산대라는 이름의 무장빨치산 투쟁을 시작했다.

공산당조차 예기치 못했던 무장폭동의 여운이 채 사라지지 않은 11월, 조선공산당을 중심으로 한 진보계열 3당은 남조선노동당을 창당해 미국과 우익의 전면공격에 맞섰다.

조선공산당은 공산주의 신념을 가진 사람들 중에도 까다로운 입당 절차를 거친 3만여 정예당원으로 이뤄졌는데 민주주의 발전단계에 맞춰 만들어진 남로당은 민족주의나 사민주의에도 문호를 열어 20만 당원으로 급성장했다. 같은 시기, 38선 이북에는 북조선노동당이 창당되었다. 약칭 남로당이라 불리던 남조선노동당은 1949년 6월 북로당과 합당해 조선노동당을 만들 때까지 항미 투쟁의 주력이 된다.

남로당은 결성직후부터 학생과 노동자, 농민 등 모든 지지세력을 동원해서 통일정부 수립을 위한 투쟁에 나섰다. 중학생들도 그 선봉이었다. 구연철도 학교 공부는 잊은 채 수도 없이 유인물 배포와 시위에 나섰다. 그는 늘 맨 앞장서서 깃발을 들거나 펼침막을 들고 행진했다. 어쩌다가 대열의 중간쯤에서 시작해도 열심히 나가다 보면 얼마 못 가 맨 앞줄에 서 있는 자기 자신을 발견하기 마련이었다.

주로 이북에서 월남한 청년들로 이뤄진 서북청년단 등 우익 청년단들은 무차별로 각목과 쇠파이프를 휘두르며 대열을 파괴했다. 그들은 미군정 경찰의 보호 아래 마음껏 폭력을 휘둘렀다. 완전히 깡패들이었다. 일제 때 종로에서 깡패 노릇을 하며 조선인 상인들의 등을 치고 살았던 김두한이나 학생깡패단의 두목이던 이철승 등이 그들을 이끌고 있었다. 그들은 누구라도 체포할 권리를 가지고 있었으며 고문을 하다 죽여도 문책당하지 않았다. 김두한 같은 경우는 몇 명이나 직접 살인을 했고 이를 법정에서 떳떳이 진술을 했는데도 석방되었다.

시골의 작은 읍내까지 결성된 청년단들은 남로당이나 진보운동에 관련된 인물이나 가족들을 구체적인 활동여부와 상관없이 끌어다가 폭행하고 고문하거나 가족을 강간하는 짓을 예사로 벌였다. 나아가 미군정은 막대한 예산을 들여 이들에게 군사훈련을 시킨 뒤 군경 간부로 특채하고 있었다.

구연철이 시위에 나설 때 가장 큰 구호는 모스크바 3상회의 결정 지지였다. 모스크바 3상회의 결정이란 소련의 모스크바에서 연합국 대표인 미국, 영국, 소련의 외무상들이 모여 합의한 것으로, 먼저 남북을 통일해 임시정부를 수립하고 이를 통해 새 나라를 만들어나가도록 하자는 내용이었다.

이때 만일 정치적 혼란이 생겨 임시정부에서 요청할 경우 미·영·소 세 나라가 5년의 기한을 정해 후견을 할 수 있도록 했다. 어느 한 나라가 들어오는 것도 아니고 세 나라가, 그것도 임시정부가 요청할 경우에 한해서 선거 등을 감시하도록 하자는 것으로, 조선인들에게 크게 불리한 내용이랄 수 없었다.

임시정부가 싫다면 안 하면 그뿐이므로 3상 결정의 핵심은 통일된 임시정부이지 후견제도가 아니었다. 일단 38선을 해제하고 미소의 분리 점령을 해소해 통일 국가를 만들 수 있다는 점에서 당시로서는 최선의 통일방안일 수 있었다.

조선공산당은 1946년 1월 들어 모스크바 3상 결정을 지지하고 나섰다. 공산당은 임시정부 수립을 지지하는 것이지 3개국의 통치를 지지한 것은 아니었다. 그래서 용어도 신탁통치라 하지 않고 후견제로 사용했다.

해방 직후 대중들로부터 배척받고 있던 우익은 재빨리 이를 이용했다. 우익은 공산당이 소련의 신탁통치를 주장한다고 떠들기 시작했다. 박헌영이 소련에게 50년간 신탁통치를 요구했다는 등의 거짓소문까지 우익언론을 통해 퍼뜨렸다.

조선일보와 동아일보를 통한 우익의 거짓 선동은 급속히 먹혀들었다. 공산당은 처음부터 끝까지 신탁통치라는 말을 쓴 적도 없었다. 자신들은 통일정부 수립을 요구하는 것뿐이며 임시정부에서 강대국의 후견을 받지 않으면 그만이라고 설득했다. 그러나 대다수 사람들은 공산당이 신탁통치를 찬성한다고 믿었고, 심지어는 백남운, 여운형 등이 이끄는 좌파계열 정당들도 공산당을 공격했다.

원래 신탁통치안을 내놓은 것은 미국이었다. 미국은 조선을 20년간 신탁통치하자고 제의했다. 미국과 영국 등 자본주의 제국들은 전쟁에서 승리한 후 독일과 일본이 가지고 있던 식민지를 차지하는 게 당연한 순서라 생각하고 있었다. 그러나 사회주의 소련의 지원으로 식민지해방운동이 격화되는 것을 보고 직접적인 식민지 지배보다는 신탁통치라는 형태로 장기 지배를 하려고 계획한 것이다.

이에 소련은 임시정부를 세우는 게 우선이며 임시정부의 요청이 있는 경우에 한해서 5년만 후견을 하자고 역제안한 것이 모스크바 3상 결정이었다.

그런데 공산당이 신탁통치의 주범인 양 매도당하자 미국은 재빨리 전략을 바꿨다. 자신들은 조선인들의 의견을 존중한다며 신탁통치반대운동을 지원하고 나선 것이다. 공산당에 대한 지지가 상당한 상황에서 남북을 통일해 임시정부를 세워봐야 조선반도 전역이 공산화되리라는 우려 때문이었다.

좌익의 임시정부 수립요구와 우익의 신탁통치반대는 서로 부딪힐 일이 없는, 오히려 함께 가야 할 내용이었음에도 엉뚱하게 좌우를 가르는 기준이 되어버렸다. 신탁통치반대 구호를 내세워 대중을 호도하는 데 성공한 우익은 테러단을 동원해 공산당 사무실이며 집회장에 난입해 무차별 폭력을 휘둘렀다.

신탁통치 문제는 구연철이 서울에 올라가기 한참 전부터 시작되어 있었는데 그가 학생운동을 시작할 때는 3상 결정 지지운동으로 모아지고 있었다. 미국이 통일된 임시정부 수립을 꺼려하면서 3상 결정 준수를 위한 미소공동위원회가 계속 미뤄지는 데 대한 항의운동이었다. 남로당을 중심으로 한 좌익은 미소공위의 개최와 이를 통한 3상 결정 이행을 거듭 촉구하고 나섰다.

합법적 신문이 폐쇄된 상황에서 좌익의 주장은 유인물을 통할 수밖에 없었다. 배포의 주력은 학생과 노동조합이었다. 비밀 경로를 통해 유인물이 입수되면 젊은이들은 호주머니나 가방에 넣고 밤이 깊어지기를 기다렸다가 몰래 살포 작업에 들어갔다.

미군정 경찰뿐 아니라 우익 청년단에게 잡히면 죽도록 맞거나 끌려가 고문을 당해야 했다. 실제로 맞아 죽는 사례도 적지 않았다. 미군들은 용의자가 달아나면 그대로 총을 쏘아 사살하는 일도 있었고 남산 아래 일본인들이 살다가 버리고 간 빈집의 마루 밑에서 살해당한 좌익 청년들의 시신이 발견된 사건도 몇 차례나 있었다. 유인물 배포 작업조차도 목숨을 걸어야 했던 시절이었다.

유인물의 내용은 시간이 가면서 단독정부 수립 반대로 집중되었다. 이승만은 공공연히 이남만의 단독정부를 수립해야 한다고 연설하고 다닌 지 오래였고, 미군정은 미소회담을 차일피일 미룸으로써 이를 지원했다. 좌익의 반대운동은 거세질 수밖에 없었다.

신탁통치 문제에 속아 한동안 등을 돌렸던 일반 민중들도 다시 남로당 지지로 돌아섰다. 남로당 지지자가 아니라도 남북이 갈리면 안 된다는 생각은 공통적이었다. 1948년 들어서면서 단독정부 반대투쟁은 최고조에 이르렀다. 서울에는 수차례나 대규모 시위가 벌어졌고 전국 주요도시에서도 집회와 시위가 끊임없었다.

4월 3일에는 제주도에서 남로당원들이 이끄는 무장폭동까지 일어났다. 하지만 사회주의 좌익뿐 아니라 김구와 김규식 등

민족주의 세력까지 나선 전 민중적인 투쟁에도 불구하고, 결국 분단은 막지 못했다.

1948년 8월 15일, 이남에 대한민국이 수립되었고, 9월 9일에는 이북에 조선민주주의인민공화국이 수립되었다. 이남에는 이승만이 대통령에 선출되고, 이북에는 김일성 수상이 선출되었다.

철저한 반공주의 친미파인 이승만의 집권은 이 민족의 운명에 커다란 재앙이었다. 제주항쟁에 이어 10월에는 여수에서 국군 14연대 사병들이 이승만 정권에 반대하는 무장폭동을 일으켜 지리산 일대를 장악했다. 이미 10월 항쟁 때부터 전국에서 많은 사람들이 우익청년단의 살해 위협을 피해 주변 산악지대에 들어가 야산대라는 이름으로 빨치산 활동을 하고 있던 상황에서 이남은 사실상 내란상태로 접어들었다.

이 해 겨울, 졸업반인 구연철은 아예 학교를 나가지 않은 채 문화당 인쇄소에 취직했다. 가난한 아버지에게 의존하지 않고 스스로 돈을 벌어 대학에 진학하기 위함이었다.

다른 공장들도 마찬가지였지만, 인쇄소의 노동조건은 퍽 열악했다. 연붉은 빛깔에 검은 점들이 박힌 얇은 재생지에 교과서를 찍어내는데 활자를 골라 판을 만드는 식자 작업부터 제본까지 거의 수공이었다. 70여 명의 노동자가 한 달 하숙비 수준의 임금을 받으며 밤낮없이 일했는데 취업자보다 실업자가 더 많은 현실에서는 그나마 일을 할 수 있는 것만도 다행이었다.

인쇄노조는 산업이 거의 마비된 상황에서 철도노조와 더불어 노동운동의 구심점 역할을 하고 있었다. 한글보다 한자를 더 많이 사용하던 시절이라 식자공이나 교정, 교열 작업 모두 상당한 한문 실력을 가진 지식인만이 할 수 있는 일이어서 더 그랬다. 인쇄노조는 해방 직후인 1945년 10월에 결성된, 약칭 전평이라 부르던 조선노동조합전국평의회의 핵심노조이기도 했다. 책임자 이인동은 이현상, 김삼룡, 이주하 등과 함께 일제 때부터 노동운동으로 몇 차례나 감옥을 드나들었던 인물로, 남로당 핵심지도자의 한 명이었다.

문화당 인쇄소 노동자 중 전평 소속 조합원은 20여 명이었다. 대한노총의 노조파괴 작업으로 노조활동이 급속히 위축되던 상황에서 20여 조합원은 적은 숫자가 아니었다.

대한노총은 전평이 만들어지고 6개월 후인 1946년 3월에 기업주들과 미군정의 지원을 받은 정치깡패들로 조직된 단체였다. 이승만을 고문으로 한 대한노총은 철도 등 주요 전평 사업장에 난입해 노조사무실을 파괴하고 간부들을 살해하거나 폭행하는 일을 전담하고 있었다. 노동조합이 아니라 그 이름만 빌린 반공테러단이었다.

취직한 구연철이 열심히 일을 하고 있으려니 비슷한 또래의 젊은 노동자 하나가 자꾸 접촉해 말을 걸어왔다. 주로 정세가 어떠니 노동자의 실정이 어떠니 하는 이야기였다. 남로당원이자 인쇄노조 중간 지도자이던 김두영 형제의 지시에 따라 구연철을 책임진 친구였는데 인간적으로도 퍽 호감이 가는 인물이었다.

정확히 이해하지는 못해도 사회주의 이론과 혁명의 역사에 대해 기본적인 지식을 가진 구연철은 그 친구와의 대화가 여간 즐겁지 않았다. 두 사람은 금방 친해져 매일 어울려 다니게 되었고, 구연철도 자연히 인쇄노조에 가입하게 되었다.

초보 조합원인 구연철에게 떨어진 과제는 유인물 살포작업이었다. 구연철은 공장에서 친해진 친구와 둘이 짝지어 배포를 맡았다. 종로2가의 화신백화점이 담당지역이었다. 어둠을 타고 옥상에 올라가 난간에서 거리로 있는 대로 마구 흩뿌려놓고 달아났다. 함박눈처럼 하얗게 흩날리는 유인물을 내려다보면 통쾌했다. 날아간 유인물이 길바닥에 하얗게 깔려 있으면 주워 가는 사람도 있고 그냥 밟고 지나가는 사람도 있었다. 두 사람은 기억할 수도 없이 여러 번 화신백화점과 종로 골목을 누비고 다니며 유인물을 뿌렸다.

이승만은 반군과 이에 동조하는 주민들을 무차별 학살하는 한편, 여운형을 비롯한 주요 정적들을 차례로 죽여 반대세력을 제거해나갔다. 그리고 1949년 6월 26일에는 철저한 민족주의자이자 자신의 최대 정적이던 김구까지 암살해버렸다.

김구 암살은 이승만 정권의 본질을 상징하는 사건이었다. 공산주의에 대한 공격이 민족을 살리려는 데 있는 것이 아니라 자신의 집권을 위해 공산주의라는 공동의 적을 만들어 이용한 데 불과하다는 사실을 잘 보여준 사건이었다. 세계 대부분의 민주주의 국가에서 공산주의자들이 하나의 정치세력으로 평화적으로 공존하며 상호견제를 통해 사회를 발전시키는 데 일조하는 것과 비교하면 오로지 권력 장악을 위해 공산주의자들을 학살함으로써 이념대립을 일으킨 이승만의 죄과는 너무 컸다. 그는 단순한 미국의 하수인 역할을 넘어 스스로 남북분단과 전쟁의 결정적인 원인을 제공한 인물이었다.

미국의 신식민지 지배와 반민족적인 이승만 독재 앞에 공산주의냐 민족주의냐 하는 갈등은 부차적인 문제였다. 구연철은 남로당과 전평에 소속된 청년들과 함께 김구의 장례투쟁에 적극적으로 참가해 우익테러단이나 경찰의 방해를 막는 경호대의 일원으로 활동했다.

김구의 영전에는 민족주의 애국지사들부터 공산주의자들까지, 중학생부터 대학생, 목욕탕조합이나 명월관 기생들까지 찾아와 분노와 애도를 쏟아냈다. 이승만 정권은 김구의 장례가 거창하게 치러지지 못하도록 경찰을 동원해 온갖 방해공작을 펼쳤으나 민중의 열기를 막을 수는 없었다. 열흘 만인 1949년 7월 5일에 치러진 국민장에는 전국에서 백 만에 이르는 인파가 몰려들어 서울 시내를 메웠다.

김구가 살해당한 1949년은 좌익에게도 참담한 시기였다. 남로당 지도부가 대부분 경찰에 쫓겨 월북한 가운데 노동조합도 힘을 잃었다. 거듭 총파업의 지령이 내려왔으나 조직이 마비된 상태에서 파업은 번번이 무산되었다. 이승만 정권이 수립되던 지난해 최고조에 이르던 학생들의 시위도 소강상태에 접어들었다. 제주도와 지리산의 무장폭동이며 전국각지의 소규모 야산대들도 국군의 대대적인 공격으로 막대한 인명피해를 입으며 소멸되고 있었다.

노동운동과 반미운동에 앞장섰던 김두영 형제의 운명도 순탄할 수는 없었다. 형 김두만은 이 무렵 경찰의 추적을 피해 어디론가 빨치산에 합류했다. 동생 김두영은 이듬해 6·25전쟁이 터졌을 때 서울에 남아 있다가 인민군이 후퇴할 때 함께 월북한다.

구연철도 1949년 11월에 처음으로 붙잡혀 호된 곤욕을 치렀다. 시위는 물론 유인물 배포도 어려워진 상황이라 별다른 활동도 못하고 있었는데 전평에 소속된 모든 노조가 탄압받으며 연행된 것이다. 경찰도 군인도 아닌, 법적으로 아무 권한도 없는 서북청년단이 탄압의 주역을 맡았다. 구연철을 끌고 간 것도 서북청년단원들이었다.

다른 조합원 6명과 함께 잡혀간 곳은 용산의 일본군이 쓰던 옛날 막사건물이었다. 깡패들은 나란히 칸막이가 된 방마다 한 명씩 노동자를 집어넣고 서너 명씩 들이닥쳐 닥치는 대로 구타하고 물고문을 해댔다.

서북청년단이 원하는 것은 빨치산과의 관계였다. 빨치산의 누구를 알고 있는지, 어디서 어떻게 만나서 돈이나 식량을 공급하느냐 하는 것이었다. 다른 사람들도 마찬가지지만 구연철로서는 전혀 황당한 질문이었다. 함께 살던 김두만이 산으로 간 것도 이 무렵이기는 했으나 구연철은 그가 빨치산이 되었다는 사실조차 모르고 있었다.

서북청년단 역시 어떤 구체적인 근거를 갖고 묻는 것도 아니었다. 때리고 고문할 명목을 만드는 데 불과했다. 그들의 목표는 반 이승만 투쟁에 가담한 모든 사람을 공포에 질리게 만드는 데 있었다. 어떤 건수를 만들어서라도 무조건 두들겨 패다가 운 좋게 한 건 건지면 그만이라는 태도였다.

전혀 사실무근임에도 사정없는 구타와 잠 안 재우기, 무자비

한 물고문과 전기고문은 사람의 혼을 빼버렸다. 함께 잡혀간 이들은 물론, 언제나 맨 앞에서 겁 없이 싸워왔던 구연철까지도 폭력에 못 이겨 쌀도 갖다 줬다, 무기도 갖다 줬다고 그들이 원하는 진술을 해주지 않을 수 없었다.

하지만 그것으로 끝나지 않았다. 당장 죽을 것 같아서 그들의 말을 인정하니 누구에게 갖다 주었는가, 어디서 만났는가, 쌀은 무슨 돈으로 구했는가 등등 심문 문항이 더 늘어났다. 말도 안 되는 허위진술로 앞뒤를 맞출 때까지 또다시 죽도록 맞고 고문을 당해야 했다. 남한산성으로 갖다 줬다거나 북악산으로 갔다 줬다고 꾸며 말하니 거긴 빨치산도 없는데 거짓말 한다며 거꾸로 매달아 두들겨 팼다. 12월 추위에 난로도 없는 취조실에서 옷을 벗겨놓고 두들기다 못해 반쯤 기절하면 찬물을 쏟아부었다. 엉덩이와 다리를 너무 맞아 피가 두 겹 세 겹으로 달라붙어 앉지도 걷지도 못하는 상태에서 잠도 못 자고 밥도 못 먹는 탈진상태로 고문을 당했다.

온종일 매를 맞고 기진해 있노라면 쑤시지 않는 데가 없는 육체의 고통만큼이나 정신적인 고통으로 가슴이 터져버릴 것 같았다. 내가 왜 저런 자들에게 맞아야 하는가 하는 분노였다. 일제 때 뒷골목 시장에서 조선인 상인들이나 갈취하며 파렴치범으로 감옥에나 드나들던 김두한 패거리들에게, 아니면 이북에서 부모 잘 만나 소작인들 피땀 흘린 돈을 착취해 기생질로 세월을 보내고 소작인 아녀자들이나 겁탈하던 자들에게 내가 왜 매를 맞고 고문을 당해야 하는가 하는 울분이었다. 저런 인간쓰레기들을 앞세워 해방된 조국의 이권을 차지하려는 이승만과 친일매국노들, 그들을 이용해 동아시아 지배의 교두보를 마련하려는 미국놈들 모두 갈갈이 찢어 죽이고만 싶었다.

서북청년단의 폭력은 꼬박 3주일이나 계속되었다. 하지만 잡혀간 사람들은 인쇄노조에 가입해 유인물을 뿌렸다는 것 이외에는 나올 게 없었다. 서북청년단은 마음껏 때려 기를 죽였다는 것 외에는 아무 수확도 얻지 못한 채 일행을 용산경찰서로 이첩했다. 경찰서에서는 더 이상 구타와 고문 없이 불법 집회와 유인물 배포죄로 구류 29일을 살게 되었다.

유치장에는 남로당원이나 전평 소속 노동자들 외에도 민족주의자, 사민주의자, 단순한 노동운동가 등 별별 사람들이 다 잡혀와 있었다. 그야말로 친미파로 돌아선 친일 민족반역자를 제외한 모든 애국 세력이 탄압받고 있는 것 같았다. 진정 조국과 민족을 위해 자신을 희생하는 애국자들은 다 잡혀와 초죽음이 되도록 매를 맞거나 아니면 쥐도 새도 모르게 죽임을 당하고 있다 해도 결코 과장이 아니었다.

해방 직후 잠시 수모를 당했던 친일경찰이며 일제와 손잡아

재벌이 된 민족반역자들이 이제 완전히 권력을 되찾아 마음껏 복수를 가하고 있었다. 해방 직후 민중들이 때려죽인 일본경찰 출신과 조선인이 다 합쳐 백오십 명이라면, 지난 수년간 그들이 암살과 고문과 구타로 죽인 애국자의 숫자는 그 열 배는 될 것이었다. 더구나 제주도에서만도 3만 명, 지리산 일대에서 7천 명이 넘는 무고한 민간인을 집단 학살함으로써 좌익에 동조하면 죽는다는 공포심을 널리 퍼뜨렸다.

유치장까지 49일 만에 석방되어 나오는 심정은 참담했다. 해방의 감격은 흔적도 없이 사라져버리고 온 나라에서 총성과 피비린내가, 애국지사들의 비명과 통곡이 메아리치고 있는 것 같았다. 울분을 견딜 수 없었다.

울분은 구연철만의 것이 아니었다. 민족주의적인 무정부주의자로서 일제하 무장투쟁의 대표적인 지도자이던 김원봉 같은 사람은 1947년 봄에 체포되어 악명 높은 고문경찰 노덕술에게 고문을 당하고 유치장에서 사흘이나 대성통곡을 하기도 했다.

조선인 친일경찰 중에서도 악랄하기로 이름 높았던 노덕술은 일제시절 김원봉이 의열단을 만들며 작성한 척살대상 매국노 7인 중의 하나였다. 그런 자가 해방된 조국에서 경찰의 고위 간부가 되어 또다시 애국자들을 고문하는 현실에 분루를 참을 수 없었던 것이다.

한때 무장투쟁을 위해 중국공산당과 손을 잡은 적이 있지만 해방 후에는 민족주의로 돌아와 있던 김원봉은 끝내 이남의 현실을 참지 못하고 1948년 남북통일을 위한 연석회의에 참석하러 월북했던 길에 그대로 평양에 눌러앉고 만다.

몸은 엉망이 되어 나왔지만, 구연철의 의지는 꺾이지 않았다. 감옥과 고문은 많은 사람들을 좌절하게 하지만, 다른 어떤 사람들에게는 더 강한 의지를 심어주기도 했다. 이승만 정권의 폭력은 구연철로 하여금 더욱 투쟁의지를 다지게 하는 역할을 했다.

문화당 인쇄소는 구류 살고 나온 직원들을 받아주지 않았다. 더 이상 인쇄소에 나갈 수 없었다. 다른 곳에 취직하기도 쉽지 않았다. 고향으로 내려가 농사를 짓고 싶은 생각은 추호도 없었다. 일단은 대학에 진학하기로 했다. 그래야 더 많은 것을 배우고 더 많이 활동할 수 있을 것 같았다.

대학을 나와도 일할 직장이 없다 보니 입시 경쟁률이 낮아서 이름 없는 신생 대학교들은 학비만 내면 다닐 수 있던 시절이었다. 일제 초기에 명진학교로 시작해 해방될 때까지 혜화전문학교로 불리던 동국대학교에 어렵지 않게 입학할 수 있었다. 1950년 2월, 6 · 25전쟁이 일어나기 불과 4개월 전이었다.

이 해에 들어서면서 부쩍 예비검속이 심해져 있었다. 예비검속은 삼일절이나 광복절처럼 대중 집회가 예상되는 경축일이 다가오면 사전에 요주의 인물들을 모조리 체포해 가둬두는 것으로 일제강점기부터 남발되어온 제도였다. 동국대학교에 입학하자마자 맞은 삼일절에 대대적인 예비검속이 있었는데 구연철은 용케 빠질 수 있었다. 그런데 이상했다. 잡아간 사람들은 경축일이 지나면 풀어주는 게 보통이었는데 이번에는 삼일절이 지나도 풀어주기는커녕 안 잡혔던 사람들까지 계속 잡아들이는 것이었다.

불안해서 학교에 다닐 수가 없었다. 서울에 머물러 있으면 언젠가는 붙잡혀 갈 것이 확실했다. 친구와 상의한 끝에 4월 초순에 고향으로 내려갔다.

4.
앞산

오랜만에 찾아간 고향은 여전했다. 부모님은 봄 파종기를 맞아 새벽부터 한밤까지 들에서 땀 흘려 일하고 있었고 부쩍 자라난 동생들은 모처럼 찾아온 큰오빠 곁에 달라붙어 떠날 줄을 몰랐다.

하지만 구연철의 마음은 허공에 떠 있었다. 가난해도 행복한 가족의 일상은 더 이상 그의 마음을 잡아주지 못했다. 귀여운 동생들을 무릎에 앉혀놓고 한글을 가르쳐줄 때도, 저녁에 등잔불 아래 나란히 누워 옛날이야기를 해주며 동생들의 반짝이는 눈망울을 들여다보아도, 머릿속에는 도대체 어떻게 이 나라를 바로 세워야 할지, 분노와 걱정만이 맴돌았다.

대학에 들어간 아들이 갑자기 내려오니 부모님은 의아하지 않을 수 없었다. 자꾸 왜 내려왔는지 물어왔다. 부모님 걱정이 아니라도 불안하기도 했다. 만일 서울의 경찰이 그를 체포하기 위해 나선다면 양산경찰서에도 연락할 것이고 그러면 집에 앉은 채로 잡힐 수도 있었다. 부모님께 미안하기도 하고 불안하기도 해서 오래 머물 수가 없었다. 학교로 돌아간다고 거짓말을 하고 며칠 만에 집을 나섰다.

막상 집을 나오고 보니 막막했다. 일단 기차를 타기 위해 부산으로 내려갔다. 부산서 방황하는데 문득 고향친구 설두옥이 생각났다. 양산 보광중학교에 함께 다녔던 설두옥은 학교를 졸업하고 부산의 남선전기에 취업해 있었다. 훗날 다른 두 개 전기회사와 합쳐 국영 한국전력이 되는 남선전기는 곳곳에 변전소를 운영하고 있었는데 설두옥도 부산의 한 변전소에서 들어가 있었다.

이리저리 수소문해 어렵게 찾아가니 여간 반가워하지 않았다. 철도와 전력 등 기간산업에서 일하던 노동자들은 대개 글줄이라도 배운 사람들이어서 인쇄노조와 함께 반 이승만 투쟁의 주력이었다. 설두옥도 남선전기에서 열심히 노동운동을 했는데 노동조합이 대한노총에 흡수되어 어용화되면서 실의에 차 있던 참이었다. 서울에서 있던 일이며 경찰을 피해야 하는 사정을 말하니 거리낌 없이 그를 받아주었다.

두 달 가까이 설두옥의 자취방에 기거하며 독서로 소일하고 있을 때였다. 돌연 전쟁이 터졌다는 소식이 들려왔다. 전혀 예상치 못했던 소식이었다. 인민군이 38선을 뚫었다는 소문이 돌더니 사흘 만에 서울을 점령하고 계속해서 남하하고 있다는 소식이 잇달았다. 사람들은 인민군이 남침을 헤왔다고 난리였지만 구연철에게는 구원과도 같은 소식이었다. 이제는 살았구나 싶었다.

거리 상황은 살벌했다. 거리마다 헌병들이 트럭을 끌고 다니면서 건강한 남자는 모조리 잡아가고 있었다. 국군에 입대시키기 위함이었다. 20대 청년뿐 아니라 3~40대라도 잡히기만 하면 집에 연락할 새도 없이 무조건 트럭에 실려 갔다. 나이든 이들은 최전방에 탄약과 식량을 나르는 일을 시킨다고 했다. 끌려가면 인민군에게 총부리를 겨눠야 하는 상황이었다.

낮 동안은 꼼짝 않고 방안에 숨어 있다가 밤이 되면 조심스럽게 나가 신문을 사서 소식을 읽거나 주민들이 이야기하는 틈에 끼어 정보를 수집하면서 하루하루를 보내는데 조바심과 불안으로 잠을 이룰 수 없었다.

전쟁이 터지고 열흘이 지나 7월 초순이 되자 마음이 더욱 급해졌다. 아직 인민군은 근처에도 오지 않았는데 무슨 이유에서

인지 부산에서도 멀리 포 사격하는 소리가 들리곤 했다. 대전교도소와 춘천교도소에서 좌익수 수천 명을 총살시켰다느니, 대구 아래 경산에서도 몇 백 명을 죽였다느니 하는 흉흉한 소문도 떠돌았다.

국군에 입대해서 인민군과 싸우다가 죽거나, 아니면 가만히 있다가 붙잡혀 죽거나 둘 중 하나였다. 인민군 점령지역으로 가는 것만이 유일한 살길이란 생각은 갈수록 커졌다.

설두옥의 마음도 마찬가지였다. 그가 먼저 제안해왔다. 이대로 잡혀 죽을 수는 없으니 남로당원들이 빨치산으로 활동하고 있는 산으로 들어가자는 것이었다. 구연철도 즉각 찬성했지만 입산할 길이 막막했다. 산악지대 어디인가에 빨치산 부대가 있다는 소식은 알고 있었으나 무작정 산에 올라가 빨치산을 찾을 수는 없었고, 설사 찾는다 해도 남로당원도 아닌 자신들을 믿고 받아줄지 알 수 없었다. 덮어놓고 산으로 가서 될 일이 아니었다.

이리저리 고민을 하고 있는데 설두옥이 전에 함께 활동한 적이 있는 권동기를 생각해냈다. 원동면 이천리에 사는 친구였는데 그를 만나면 빨치산이 어디 있는지 알 수 있을 거라는 판단이었다. 전화도 전신도 안 되는 상황이라 권동기가 집에 있을지조차 알 수 없었지만 일단 찾아보기로 했다.

두 사람은 주먹밥을 잔뜩 만들어 보자기에 싸놓고 밤이 깊어지기를 기다려 길을 떠났다. 밤을 새워 걸은 다음, 낮에는 산속에 숨어 눈을 붙이고 저녁에 다시 출발했다. 피난민들이 끝없이 부산으로 밀려 내려오고 있었다. 어두운 들길을 따라 내려오던 피난민들은 전선 방향으로 걷는 두 학생을 보고 놀라워했다. 어쩌려고 그쪽으로 가느냐고, 위험하니 돌아가라고 권유하는 것이었다. 고향집에 가는 길이라고 얼버무려 피했다.

원동으로 가기 위해서는 실제로 구연철의 가족이 사는 마을을 지나야 했다. 하지만 집에 들러서는 안 됐다. 바로 체포될 수도 있고 무사히 들른다 해도 부모님이 입산을 말릴 게 뻔했다. 마을 뒷산으로 올라서니 어둠 속에 마을이 내려다보였다. 기름 한 방울도 아쉬운 시절이라 다들 일찌감치 불을 끈 채 마을 전체가 어둠에 잠겨 있었다. 산에 가면 죽을지도 모르는데 마지막 인사라도 할까 갈등이 일었지만 참았다. 미안하고 아픈 마음을 억누르고 그대로 어두운 산길을 밟았다.

원동에 도착하니 본격적으로 산악지대가 시작되었다. 태백산맥의 남쪽 맨 끝자락이었다. 이제 살았는가 보다 하는 안도감이 밀려왔다. 이제부터는 산길로만 다닐 수 있으니 한결 안심이 되었다.

구연철은 양산에서 태어나기만 했을 뿐 줄곧 외지에서만 살아 지형을 잘 몰랐는데 설두옥은 산길, 마을길을 모두 꿰뚫고 있었다. 그의 능숙한 발길을 뒤쫓아 한나절을 걸어가니 곤리 마을이 나타났다. 설두옥은 구연철에게 숲속에서 기다리라 해 놓고 혼자 마을로 들어갔다.

유별나게 무더운 여름이었다. 풀숲에 숨어 줄줄 흐르는 땀을 훔치며 친구를 기다리는 동안, 문득 자기가 지금 산에 들어온 것은 결코 살기 위해서만이 아니라는 생각이 들었다.

살려고 산으로 도망 왔다지만 사실 살 길이 없던 것은 아니었다. 왔던 길을 되돌아 집으로 돌아가면 마루밑창에 구덩이를 파고 숨어서 인민군이 내려오기를 기다릴 수 있을 것이었다. 지금이라도 스스로 국군에 들어가면 그동안의 좌익 전과는 지워지고 더 이상 쫓겨 다니거나 숨어 다닐 필요가 없을 것이었다. 산으로 가는 길이야말로 언제 죽을지 모르는 죽음의 길이었다.

두렵지는 않았다. 스스로 죽음의 위험 속으로 뛰어든 것은 사실이지만 그것은 육체적인 죽음을 의미할 뿐이었다. 자신이 이 산속까지 달려온 것은 육체적 생명을 보존하기 위해서가 아니라 정치적 생명을 살리기 위해서라는 생각이 들었다. 새로운 침략자 미국과 친미매국노들을 몰아내야 한다는, 가난한 노동자 농민들을 위한 사회주의 공화국을 세워야 한다는 신념이 그의 정치적 생명이었고, 이를 위해 인민군에 합류하는 것은 당연하다는 생각이었다. 이후에 다가올 위험은 그때 생각하면 그만이었다.

한낮인데도 옷까지 뚫고 들어와 피를 빨아대는 모기떼에 시달리며 얼마나 기다렸을까, 설두옥과 권동기가 조심스레 산길을 올라왔다. 따라오는 사람은 없어 보였다. 설두옥은 얼굴이 땀에 범벅이 된 얼굴로 웃으며 권동기를 인사시켰다. 권동기는 빨치산이 어디에 주둔하고 있는가를 알고 있었을 뿐 아니라 비밀리에 내통하고 있었다.

세 사람은 나란히 산길을 걷기 시작했다. 나중에는 골짜기 하나하나 구석구석을 다 외우다시피 했지만 권동기를 따라 올라가는 첫 길은 낯설어 어디가 어디인지 전혀 알 수 없었다. 자신이 가고 있는 곳이 신불산이라는 것도 알지 못했다. 그래도 자기를 필요로 하는 사람들을 향해 가고 있다는 사실이 가슴을 설레게 했다. 오로지 정의라는 한 단어밖에 들어 있지 않은 젊은 가슴은 민족을 해방시키는 영광스러운 전쟁을 수행하러 간다는 자부심으로 들떠 있었다.

폭염에 달아오른 대지가 뿜어낸 희뿌연 안개가 산등성이들을 엷게 뒤덮고 있었다. 군경의 매복을 피해 칠부능선을 따라 몇 개의 산굽이를 지나 한 산등성이에 들어섰을 때, 권동기가 발길을 멈추고 조심스레 누군가를 불렀다.

갑자기 시커먼 사내 셋이 숲속에서 불쑥 튀어나와 총구를 들이댔다. 감지 못한 머리칼이며 수염이 시커멓게 얼굴을 덮은데다 너덜너덜하게 찢어지고 더럽혀진 옷가지가 산적의 모습그대로였다. 들고 있는 총들은 옛 일본군이 쓰던 99식 소총으로 바닥에 세우면 총구가 머리에 닿을 정도로 길고 불편한 총이었다. 너무 낡고 오래되어 발사가 되는지조차 의심스러웠다. 그들은 권동기와 잠시 이야기를 나누더니 반갑게 두 사람에게 악수를 청하고 가파른 산길로 앞장섰다.

드디어 입산이었다. 설두옥도 마찬가지였지만 집안 식구들은 물론 누구에게도 산에 들어간다는 이야기를 하지 않은 입산이었다. 1950년 7월, 만 20세 때였다.

5.

신불산

신불산은 동해안을 따라 험하게 달려온 태백산맥이 흩어져 사라지는 여맥의 마지막 봉우리였다. 해발 1,209미터인 신불산 일대에는 간월산, 영축산, 재약산, 가지산, 운문산 등 해발 1천 미터가 넘는 봉우리들이 펼쳐져 크고 작은 여러 계곡을 형성하고 있었다. 희고 깨끗한 화강암으로 이뤄진 계곡들 위로는 울창한 수목이 뒤덮고 있어 빨치산에게 좋은 은신처가 되었다.

이남의 다른 지역과 마찬가지로, 신불산 일대에는 이승만 정부 수립 직후인 1948년 가을부터 본격적으로 빨치산이 형성되어 있었다. 이승만의 탄압을 피해 산으로 들어간 각 도당들과 산하의 군당들은 식량을 구하기 위해서라도 자연히 경찰과 전투를 벌이게 되는데 대개 당과 유격대를 따로 구별하지 않고 하나의 지도체제 아래 움직이고 있었다.

신불산에는 조선노동당 경남도당 동부지구당이 자리 잡고 있었다. 부산시와 양산군, 동래군, 울산군, 밀양군을 포괄했는데 위원장은 진해 출신의 공인두였다. 동부지구당은 처음에는 숫자가 꽤 되었으나 구연철이 입산하던 시기에는 대부분 사망해 지구당 본부와 군당까지 다 합쳐도 30명밖에 남지 않았다.

전쟁 발발과 동시에 남도부라 불리던 인민군 중장 하준수가 이끄는 동해남부유격대 정예부대 3백여 명이 부산 공략을 위해 신불산을 향해 내려오는 중이었지만 현지에서는 전혀 모르고 있었다. 남도부 부대는 이 무렵 경북 포항과 영덕지구에서 치열한 전투를 벌이느라 남하를 못하고 있었다. 위원장 배철이 이끄는 경북도당 유격대와 합세한 남도부 부대는 7월 15일부터 경북 청도군 운문산에 지휘본부를 차리고 인민군의 영덕 점령을 지원하는 한편, 7월 27일에는 대구까지 진출해 이틀 동안 동촌비행장을 점령하기도 했다.

이런 소식조차 모르는 채 고립된 동부지구당은 전투력을 거의 상실하고 있었다. 일본군이 쓰던 낡은 99식 소총이나마 들고 있는 사람은 서넛밖에 안 되었고 옷차림이나 행색은 걸인보다도 더 초라했다. 무장을 하려고 해도 변변한 무기도 없이 경찰지서를 습격해 총을 뺏기란 쉬운 일이 아니었다. 어렵사리 총을 뺏는 과정에서 죽은 이가 더 많을 수밖에 없었다.

토벌대는 빨치산을 잡으면 목을 잘라 긴 장대에 꿈아 시골 장터에 전시했다. 생포한 경우라도 그 자리에서 때려죽인 다음 목을 베거나 아니면 경찰서에 끌고 가 혹독한 고문과 구타로 죽여버리는 일이 예사였다. 빨치산에게 쌀이나 옷을 주었다가 발각되는 경우는 물론이요, 빨치산을 보고도 즉각 신고하지 않았다는 이유만으로 즉석에서 쏘아 죽이는 일이 비일비재했다. 구연철은 오히려 이 어려운 조건에서 30명이나 살아남았다는 사실에 더 놀라고 감탄했다.

동부지구당은 새로 들어온 두 사람에 대한 심사에 들어갔다. 당원도 아니고 지역에서 뚜렷한 활동을 한 적도 없는 두 젊은 청년에 대한 심사는 간단치가 않았다. 우선 두 사람을 분리해 혹시 경찰의 정보원으로 올라온 것은 아닌지부터 확인한 다음 과거경력과 사상성을 철두철미하게 검토해 들어갔다. 헤어진 두 사람은 자신들이 심사를 받는다는 사실조차 잘 모르는 채 각자 묻는 대로 성실히 대답해나갔다.

심사는 일주일이나 계속되었다. 한 사람이 하는 게 아니라 매일 지도위원이 바뀌어 하루 종일 온갖 것을 캐물었다. 할아버지가 무얼 하던 분이었는가부터 시작해 부모님과 외가의 출신

성분을 확인하고, 본인이 살아온 과정을 이야기하게 했는데 너무나 구체적이었다. 읽은 책은 어떤 것들인지 다 적게 하여 그 내용을 물어보고, 어떤 취미를 가졌는지, 어떤 사람들과 사귀었으며 어떤 사회활동을 했는지 묻다 못해 심지어는 어렸을 때 어떤 장난을 하며 놀았는가까지 물어왔다.

어린 나이에 순수한 애국심 하나로 생명을 바치러 올라온 두 사람에 대한 평가는 좋았다. 둘 다 농민과 노동자의 자식이요, 입산 동기나 입산 과정 역시 의심할 여지가 없다고 판단되었다. 무난히 합격한 두 사람은 곧바로 군당에 배치되었다. 설두옥은 울산군당에, 구연철은 양산군당에 소속되었다.

동부지구당 본부는 신불산에 자리 잡고 있었고 각 군당들은 다른 봉우리에 분산되어 있었기에 두 사람은 헤어져 각자 자신의 군당으로 이동해야 했다. 지구당과 군당 사이는 직선거리로 치면 10여 킬로미터도 안 되지만 노출을 피해 칠부능선을 따라 굽이굽이 돌아가다 보면 수십 킬로미터 거리가 되었다. 동부지구당에서 양산군당에 가려면 초저녁에 출발해 밤을 꼬박 새워 산길을 타고 새벽에야 도착할 수 있었다.

레포라 불리는 연락원을 따라 하룻밤을 꼬박 걸어 양산군당에 도착해 보니 7명의 군당요원이 활동하고 있었다. 본부라 해봐야 지구당 본부와 마찬가지로 나뭇가지들을 당겨 묶은 후 위에 천을 덮어 지붕을 삼은 게 전부였다.

구연철을 맞이한 군당 위원장 백두선은 용맹하기로 이름난 사람이었다. 입산할 때 한글조차 모르던 그는 산에서 한글을 깨치고 이론 학습도 하면서 철저한 투사가 되어 전투 때마다 앞장서 빗발치는 총알 사이로 뛰어다니기로 유명했다.

군당 위원장이 무학력일 정도로 지식인이 드물던 시절이었다. 부잣집 출신이거나 고등 지식인은 언제든지 자신의 기득권을 찾아 운동을 포기할 수 있다는 점 때문에 더 많은 사상무장이 요구되었다. 두 달도 채 다니지 못했으나 일단 대학물을 먹은 구연철은 면접심사에 합격하기는 했어도 보다 철저한 훈련을 거쳐야 했다. 힘겨운 산중생활에 적응할 수 있는 인내력과 민첩성을 키우는 과정이었다.

구연철에게 주어진 훈련과제는 군당과 지구당 사이에 연락을 하는 레포 일이었다. 정해진 길을 따라 동부지구당 본부에 다녀오는 식의 단순한 업무가 아니었다. 지구당에서 나온 레포가 특정한 나무 밑이나 바위 아래 연락문을 묻어놓으면 밤중에 약속 장소까지 몇 시간을 걸어가 그걸 찾아서 새벽까지 돌아와야 했다. 때로는 사람이 직접 나와 있기도 했는데 매번 약속장소가 바뀌기 때문에 어떤 골짜기 어떤 모양의 나무나 바위를 찾으라는 지령만을 기억해 어둠 속에서 이를 찾아내는 침착함과 예민함이 필요했다. 시간은 해뜨기 전까지로 제한되어 있었고, 언제 어디서 매복했던 군경의 총탄이 쏟아질지 몰라 어두운 산길을 돌 구르는 소리 하나, 나뭇가지 부러지는 소리 하나 조심해 걸어야 했다.

산악 지형에 익숙지 않은 처음 세 번은 기존의 레포를 붙여 함께 오갔는데 네 번째 날부터는 혼자 다녀야 했다. 오직 희미한 달빛이나 별빛에 의존해 얼굴을 찔러대는 나뭇가지와 따가운 풀잎들을 헤치고 밤이슬에 흠뻑 젖어 산길을 헤맨 끝에 연락문을 찾아내면 그렇게 기쁠 수가 없었다. 하지만 다음 날은 전혀 다른 곳을 지정해주므로 한 번도 가보지 못한 새로운 산길을 개척해나가야 했다.

구연철이 갖다 놓거나 가져오는 연락문은 중요한 기밀이 적혀 있는 게 아니라 다음 날은 어디에 어떻게 쪽지를 묻어놓겠다는 내용이 담긴 훈련용이었다. 그렇다고 가볍게 생각하면 안 됐다. 정식 연락문 역시 반드시 다음번에 어디서 어떻게 접선하자는 내용이 들어간 뒤에 용건을 적었다. 한 번이라도 연락문을 찾아내지 못하면 서로 연락이 두절되기 때문에 다시 처음부터 지구당본부에 찾아가 지시를 받아와야 했다.

꼬박 한 달 동안 이틀이 멀다 하고 낮에는 자고 밤에는 산속을 헤매고 다녔다. 홀로 어두운 숲을 헤매고 다니다 보면 무섭기도 하고 힘들기도 했지만 힘들어 달아나고 싶다거나 훈련이 너무 가혹하다는 불만을 품지는 않았다. 온몸에 모기가 물리고 풀과 나무에 긁힌 상처가 나날이 늘어났지만 전사가 되기 위한 훈련과정이라는 자부심으로 참아냈다. 깡말라 민첩한 체격에 머리도 좋았지만 강한 의지를 갖고 있던 구연철은 매번 큰 실수 없이 임무를 완수할 수 있었다.

하루도 쉬지 않고 산을 타는 힘겨운 훈련기간이 끝나자 드디어 지구당에서 들어오라는 소환장이 왔다. 사상검증에 이어 실습훈련도 무사히 합격했다는 사실이 너무 기뻤다. 잔뜩 들뜬 마음으로 밤새 산등성이를 타고 지구당으로 향했다.

6.

억
새

이른 아침, 지구당 입구에 도착해 보니 분위기가 이상했다. 지구당으로 올라가는 산길 입구에 웬 처음 보는 젊은이 두 명이 보초를 서고 있었다. 갓 스물인 구연철보다도 더 어려 보이는 두 청년은 계급장이 달리지 않은 깨끗한 전투복에 따발총이라 불리던 고성능 소련제 기관총을 들고 꼿꼿이 서서 정면을 바라보고 있었다. 얼굴은 햇볕에 타서 그을기는 했으나 깔끔히 면도한 데다 눈알이 반짝반짝했다.

구연철은 순간적으로 인민군이구나 생각했다. 드디어 인민군이 이곳까지 내려왔구나 하는 생각에 너무나 반가웠다. 소문으로만 듣던, 수백 발을 연사해 수십 명을 죽일 수 있다는 소련제 기관총만 보아도 가슴이 설레었다.

"아, 반갑습니다."

기쁜 나머지 활짝 웃으며 악수를 청했다. 그런데 보초병들은 똑바로 선 채로 잠깐 눈을 마주쳤을 뿐 다시 정면으로 시선을 돌린 채 미동도 하지 않았다. 적의를 가진 눈빛은 아니었다. 초병의 의무를 다하기 위해 악수를 할 수는 없으나 상대방 역시 반가움이 역력한 눈빛이었다. 잠시 마주친 그 맑은 눈빛이 너무 강렬해 압도될 지경이었다. 짜릿한 감동이 밀려왔다.

신이 나서 뛰다시피 지구당 본부로 달려 올라가니 그곳의 분위기도 확 바뀌어 있었다. 얼마 전에 보았을 때만 해도 산적처럼 시커멓게 수염을 기르고 세수도 제대로 않고 다니던 지구당 요원들이 못 알아볼 정도로 깔끔해져 있었다. 깨끗한 군복에 이발과 면도를 해놓으니 누가 누군지 잘 알아보지도 못할 지경이었다.

지구당 한편에는 전에는 구경도 못했던 무기와 탄약이며 야전 식량 박스 같은 것들이 잔뜩 쌓여 있었다. 미군으로부터 노획한 듯 하나같이 영어로 표기된 것들이었다. 낡아빠진 99식 소총이니 38소총은 어디로 사라지고, 다들 기름기로 번들거리는 새 소총을 메고 있었다. 미군에게 노획한 카빈이나 엠원 소총도 있고 모양새도 좋은 소련제 아카보 소총도 있었다.

구연철은 입구를 지키던 젊은이들이 인민군인 줄로 착각했는데 이내 이북에서 내려온 유격대라는 것을 알았다. 경북 일대에서 경북도당 배철 부대와 합동으로 유격전을 벌이던 동해남부유격대가 마침내 신불산 지구로 들어온 것이었다.

　동해남부유격대는 해주의 강동정치학원에서 전문적으로 유격훈련을 받은 정예부대로 대부분 이승만에 항거하다 월북한 이남 출신들로 구성되어 있었다.

　사령관인 남도부는 경남 함양 출신으로, 일제 말기에 일본 군인을 죽이고 지리산에 들어가 야산대를 이끌어 유명해진 인물이었다. 원래 공산주의보다는 민족주의에 가까운 사람이었으나 이승만 정권의 폭력과 반민족행위에 분개해 월북했다가 내려오면서 이름까지도 부산으로 진격한다는 뜻의 남도부로 고치고 있었다. 남도부 사령관은 아직 지구당까지 도착하지 않았는데, 이틀 전에 지구당의 존재를 확인하고 우선 호위대원 몇 명과 다량의 보급품을 보내온 것이었다.

　지구당에서 구연철을 호출한 이유는 당원가입 허가를 통고하기 위함이었다. 갑자기 달라진 분위기에 흥분해 있었는데 고대하던 입당원서까지 받아드니 감격으로 가슴이 메어왔다.

　구연철이 입당한 것은 남로당이 아닌 조선노동당이었다. 남로당은 결성 1년 반 만인 1948년 여름부터 북로당과 합동지도부를 구성해 김일성 수상의 지휘를 받다가 1949년 8월에 공식적으로 해산되어 조선노동당에 흡수된 상태였다. 따라서 이승만 정부가 수립된 이후의 모든 남로당 활동은 김일성 수상의 직접적인 지휘를 받고 있었다고 할 수 있었다. 남로당에 가입한 적도 없던 구연철은 처음부터 조선노동당 당원으로서 김일성 수상 밑에서 일하게 된 셈이있다.

떨리는 가슴으로 조선노동당 가입원서를 쓰고 나니 하루 동안 푹 쉬라고 했다. 휴식이라 해봐야 비바람을 피할 오두막 비슷한 것도 없었다. 되도록 지형지물을 건드리지 않고 바닥의 돌만 치워 평평하게 만든 곳에서 대여섯 명이 앉아서 이야기도 나누고 잠도 자는 게 고작이었다. 술도 담배도 없는 적적한 시간이었으나 부산 공략과 남북통일이 바로 눈앞에 왔다는 여유로움이 모두를 들뜨게 했다.

다음 날 내려온 명령은 당 학교에 들어가라는 것이었다. 새로 입당한 당원들을 위해 사회주의 이론학습을 하는 과정이었다. 양산군당에서는 구연철 한 명이었는데 울산, 밀양, 동래 등 여러 군당에서 선발되어 온 인원을 합치니 20명가량 되었다. 학생들은 서로의 이름이나 출신을 알아서는 안 되었기 때문에 모두 가명을 사용했다. 여성은 한 명도 없었다. 차례로 다섯 명의 여성대원이 들어온 것은 나중의 일이었다.

지리산 같은 곳은 워낙 산세가 크고 무장력도 강해서 깊은 산 중에 나무와 흙으로 건물까지 지어놓고 기숙하며 학습을 시켰다고 들었으나 상대적으로 산세가 약해 언제 군경의 공격이 있을지 모르는 신불산에서는 산등성이의 경사지고 비좁은 평지를 학습장소로 지정해놓았다. 지구당 본부와 멀지 않은 곳이었다.

　학생들이 모이자 동부지구당 조직부장이 당 교양사업에 열성적으로 참여하라는 독려 연설을 했다. 남로당 활동으로 경찰에 쫓겨 월북, 강동정치학원에서 유격훈련을 받고 1949년도에 내려온 그는 선량하고도 강인한 성품으로 신망받는 인물이었다.

　강의는 남도부 부대와 함께 내려온 정치지도원 안철이 맡았다. 정치지도원은 노동당 간부로서, 군대나 행정부보다 당을 우위에 두는 사회주의 체제에서는 상당한 고위직급이었다. 나이는 삼십대 후반이었는데 대원들은 안철이란 이름이 실명인지 가명인지, 고향이 어디인지는 알 수 없었고 알아서도 안 되었다. 그의 본명이 안병렬이란 것조차 아무도 몰랐다. 다만 모스크바에 유학을 갔다 왔다는 정도만 알려져 있었다.

　안철의 지식은 방대했고 교수 능력도 뛰어났다. 교안은 물론 쪽지 한 장 없이도 하루 종일 강의를 해내는 기억력과 박식함은 경이로울 지경이었다. 강의는 공산당선언으로부터 시작되었는데 그는 선언을 거의 외우다시피 하고 있었을 뿐 아니라,

해설에 필요한 역사적 사실이나 통계자료 역시 작은 숫자까지 정확하게 기억하고 있었다. 잉여가치론 같은 마르크스 경제이론부터 레닌의 제국주의론, 스탈린의 좌익소아병, 그리고 러시아혁명사까지 모르는 분야가 없이 쉽고 명쾌하게 설명했다. 인품도 좋아서 휴식시간이면 세계정세나 전쟁 상황 등에 대해 말해주기도 하고 개별적인 질문에도 자상하게 답변해주었다.

구연철도 나름대로 사회주의 이론을 독학했다고 자부해왔지만 안철을 통해 배우는 내용과 비교할 수는 없었다. 안철에 대한 존경심과 더불어 이것이 진짜 옳은 교육이구나 하는 만족감으로 벅찼다. 3개월의 당 학교 과정은 구연철의 인생에 가장 행복한 시간의 하나였다.

교육을 받는 사이 가을은 깊어졌다. 여름의 소낙비 정도는 그냥 앉아서 맞으며 공부했으나 날이 갈수록 빗방울은 차가워졌고 밤이슬은 더욱 서늘했다. 밤이슬은 여름철의 모기만큼이나 빨치산을 괴롭히는 존재였다. 한여름에도 밤중에는 추워 잠을 설치기 마련인데 가을이슬을 맞으며 밖에서 잘 수는 없었다.

정규군이 쓰는 군용천막은 노획한다 해도 무거워서 산속으로 들고 다닐 수가 없었다. 유격대원들은 긴 나뭇가지를 여러 개 꺾어 둥글게 박은 다음 가지 끝을 모아 묶고 그 위에 옷감으로 쓰는 광목을 뒤집어씌워 숙영지를 만들었다. 흰 광목을 그대로 쓰면 멀리서도 눈에 띄기 때문에 먹물이나 으깬 풀로 물을 들인 다음 여러 장을 잇대 바느질해서 천막을 만들었는데 가장자리를 끈으로 묶어 돌까지 달아놓으면 웬만한 비바람에는 끄떡없는 훌륭한 숙소가 되었다.

본격적으로 겨울이 되면서부터는 땅바닥을 파서 야외 온돌을 만들었다. 박힌 돌을 캐내고 종아리 깊이로 땅을 길게 파낸 다음 연기가 잘 나지 않는 싸리나무나 소나무 옹이같이 화력 좋은 나무를 태워 불덩이를 만들었다. 이 불에 밥을 해 먹은 후 납작한 돌을 덮고 다시 담요를 덮어씌우면 밤새 열기가 식지 않아 훌륭한 온돌이 되었다. 아무리 추운 겨울날이라도 담요 속에 발을 넣고 있으면 온몸으로 뜨거운 피가 돌아 얼어 죽지 않고 버틸 수 있었다.

유격대원들은 이 산중 온돌을 러시아식으로 페치카라고 불렀는데 초저녁에는 돌이 너무 뜨거워 발을 넣을 수도 없었다. 이런 시간이면 천막 아래 둥글게 모여 앉아 각자의 사업을 반성하는 자기비판 시간을 갖거나 향후의 사업계획을 토론했다.

당원이 된 초창기에는 이 자기비판 시간이 힘들었다. 자신의 잘못을 되돌아보고 여러 사람 앞에서 잘못을 뉘우치는 일은 쉽지가 않았다. 다른 사람이 자기를 지적해 비판하는 상호비판은 더욱 견디기 힘들었다. 그러나 조직생활을 오래 하다 보니 자기도 모르게 익숙해졌다.

전투에서 비겁함을 보였다거나 공동 작업에서 게으름을 피웠다거나 혹은 맡은 일을 완수하지 못했을 때 '내가 참 미안하게 됐다. 잘못했다. 동지들이 후퇴할 때 내가 힘이 되었으면 좋았는데 힘을 보태지 못해 미안하다.' 는 말들이 어렵지 않게 나왔다. 언제 죽을지 알 수 없는 어려운 환경이다 보니 서로 힘을 합치지 않으면 안 된다는 공동체 의식이 쌓이고, 누가 하라고 해서가 아니라 자연스럽게 그런 말들이 나오는 것이었다.

부부나 형제보다도 훨씬 가까운 사이가 되다 보니 솔직하게 자기 잘못을 인정하고 사과해도 수치심으로 괴롭기보다는 서로 감동해 눈물 흘리게 되었다. 서로의 생명을 지켜주는 전우들 사이에 솔직하게 마음을 열고 진심으로 대화를 하는 동안 생기는 애정과 믿음이야말로 힘겨운 산 생활을 견딜 수 있게 하는 가장 큰 힘이었다.

광목은 여러모로 쓸모가 많았다. 산중 대원들을 괴롭히는 문제의 하나는 신발이었다. 운동화가 귀하던 시절이라 대개 고무신을 신었는데 산속을 날래게 뛰어다니기에는 좋았으나 쉽게 벗겨지는 단점이 있었다. 광목을 고무신에 꿰매어 종아리까지 올려 단단히 묶으면 신도 안 벗겨질뿐더러 흙이나 벌레로부터 발목을 보호할 수 있어 좋았다. 고무신을 그냥 신으면 땀에 미끄러지기 때문에 발싸개를 하고 신었는데 겨울에도 광목 발싸개가 큰 도움이 되었다. 겨울이든 여름이든 쉬는 시간이면 발싸개를 갈고 젖은 것은 말리는 게 일이었다. 이 무렵 양산된 검정고무신은 가시밭길을 뛰어다녀도 잘 찢어지지 않아 좋았다. 그래도 고무신 밑창은 한 달이면 닳아 못 쓰기 때문에 끊임없이 고무신을 공급하는 게 큰 문제였다. 상황이 어려울 때면 맨발로 험한 산중을 뛰어다니는 대원들도 있었다.

당 학교를 수료한 구연철은 양산군당으로 돌아가 얼마간 활동하다 울산군당 조직부 요원으로 파견되었다. 1950년 말이었다. 낙동강까지 내려왔던 인민군이 압록강까지 후퇴했다가 중국군의 참전으로 다시 전세가 역전되어 파죽지세처럼 밀고 내려오기 시작한 무렵이었다. 울산군당에는 위원장과 조직부장 합쳐 12명이 있었는데 부서는 조직부 하나에 연락원 두 사람이 직책의 전부였다.

전쟁 이전에는 숫자가 적어 당과 유격대의 구별이 없었으나 남도부 부대가 온 뒤로는 역할이 나뉘었다. 전투를 맡은 유격대원과 달리 당 활동가들은 조직과 선전이 주요 임무였다. 당 활동가들은 유격 활동을 보장해주기 위해 목표가 되는 지역에 대해 지형지물부터 주민들에 대한 신상정보를 수집해야 했고 이를 위해서는 현지 주민들을 정보원으로 조직해야 했다. 주민들을 정보원이나 후원자로 조직하기 위해서는 그들을 설득하는 교양과 선전 작업이 필수적이었다.

당 활동가들은 이 과정을 거쳐 수집된 정보를 토대로 유격대의 공격대상지를 사전에 정찰해 함께 계획을 짠 다음 유격대를 공격지역으로 안내하고 해당지역에 들어가면 어떤 집에 들어가 식량을 조달할 것인가까지 미리 지정해주었다.

당에서는 일제 때 면장이니 면서기 혹은 일제경찰의 앞잡이를 한 이들의 명단을 가지고 있었다. 그들의 집이 어디인가 정확히 파악해서 어느 마을에 들어가면 어떤 골목을 따라가서 어떤 색 대문 집으로 들어가라고까지 상세히 가르쳐주었다.

친일파 다음으로는 동네 유지나 현직 군경의 집을 우선 대상으로 삼았다. 부자라도 항일운동이나 사회주의운동을 한 집은 피했다. 그런 집에 빨치산이 와서 돈이나 식량을 가져갔다는 게 알려지면 일반 주민들보다 훨씬 혹독한 보복을 당하기 때문이었다.

일본인들이 물러나면서 미군정의 군경 수뇌부로 자동 승진했던 친일 경찰과 일본군 출신들은 이승만 정부에서도 최고위직으로 자리 잡았다. 이는 마치 일본인들이 부리던 사나운 개를 그대로 이승만이 키우는 것과 같았다. 독립군 물어뜯는 것밖에 배운 게 없는 이승만 정부의 개떼들은 자신들의 원수였던 일제하 독립운동가들을 물어뜯을 기회만 노리고 있었다. 특히 일제 중반기 이후 독립운동을 주도한 사회주의 계열 독립운동가들은 이승만의 개떼들의 제1의 적이었다.

빨치산들은 독립운동가나 사회주의운동가의 가족들이 이중으로 피해를 보는 일이 없도록 그런 집은 근처에도 얼씬하지 않았다. 예를 들어 울산군당 범서면에는 유명한 항일운동가이자 조선공산당 제2인자였던 이관술의 집이 있었다. 대전형무소에 수감되어 있던 이관술은 전쟁이 터지자마자 맨 먼저 끌려나와 학살되었는데 일부 가족이 범서면 입암리에 남아 있었다. 이관술의 집은 근동 제일의 부잣집으로, 빨치산에게는 우선 방문 대상 가옥이었다. 그러나 울산군당은 입암리의 다른 여러 집은 방문했으나 아무리 어려운 시기일지라도 절대 이관술의 집에는 가지 않았다. 살아남은 가족이나마 보호해주기 위해서였다.

유격대가 부잣집이나 군경가족으로부터 돈을 빼앗아오는 데 성공하면 다른 마을에 살고 있는 협조자들에게 부탁해 필수품들을 구매하는 것도 당 활동가의 역할이었다. 신발, 성냥, 옷감 같은 생활필수품과 지구당 기관지인 '노력신문'을 발간하기 위한 등사도구며 종이를 구입해야 했다. 아카징키라 부르던 빨간색 소독약과 다이아진이라 부르던 항생제, 솜과 붕대 같은 의약품도 필수품이었다.

빨치산에게 협조했다는 사실이 알려지기만 해도 그대로 끌려가 총살당하거나 혹독한 고문 끝에 감옥에 갇히는 삼엄한 상황에서 협조자를 만들어내는 일은 보통 어려운 게 아니었다. 세포라고 부르는 이들 지지자를 만드는 일이야 말로 구연철과 당 요원들이 할 일이었다.

구연철이 조직부에 들어갔을 때 전임자로부터 인수인계를 받은 당 세포는 한 명도 없었다. 처음부터 스스로 한 명씩 협조자를 확보해나가야 했다. 군경의 촘촘한 감시망을 뚫고 민가를 돌아다니며 처음 만나는 주민을 포섭해 우리 편으로 만드는 일은 총을 들고 전투하는 일보다도 훨씬 위험하고 긴장되었다.

일단 마을의 지형과 지리적 조건으로 보아 협조자를 만들어야겠다고 결정되면 몇 명이 조를 짜서 되도록 달빛도 없는 깊은 밤에 마을로 잠입했다. 입구에 매복을 세운 다음 수십 호 되는 마을을 조심스럽게 돌아다니며 유달리 어려워 보이는 집을 택해 조용히 마루로 올라가 방문을 따고 들어갔다.

젊은이들은 군인으로 끌려가 어디 가나 중년 이상의 노약자들뿐인 시절이었다. 한밤중에 빨치산이 나타나 잠을 깨우고 총구를 겨누면 누구라도 무서워 벌벌 떨기 마련이었다. 먼저 절대 당신들을 해치지 않고 아무것도 빼앗아 가지 않을 테니 안심하라고 다독여야 했다. 상대방이 조금 안심을 하면 최대한 부드러운 음성으로 이 전쟁이 왜 일어났는지, 우리가 왜 이 산속에서 싸우고 있는지에 대해 조목조목 설명했다. 겁에 질린 주민들은 아무 소리 못하고 듣기 마련이었다. 민폐를 끼치지 않기 위해 교양을 하는 동안 밥은 물론 물 한 잔도 얻어먹지 않았다. 다만 나올 때, 밀고를 하면 우리도 불리하지만 당신도 불리하니 절대 우리가 왔다는 사실을 알리지 말라고 다짐을 주었다.

이런 식으로 하룻밤에 두어 군데 가난한 집들을 찾아다니며 교양 선전을 하고 마을을 빠져나온 뒤에는 다음날까지 숲속에 숨어 동정을 살폈다. 신고를 하면 다음 날 토벌대나 경찰이 드나드는 모습을 볼 수 있었다. 드나드는 사람 없이 조용하면 일단 협조 의사가 있는 것으로 간주했다.

얼마간 내버려두었다가 다시 밤중에 찾아가면 전보다는 놀라지 않았다. 이번에도 기본적인 교양 선전을 한 다음 넉넉히 돈을 주면서 쌀이나 의약품, 등사용 종이나 연필 등 산에서 필요한 물건을 사다 달라고 부탁했다. 물건 사다 달라는 부탁을 않고 그냥 돈만 주지는 않았다. 대신 돈을 물건 값보다 넉넉하게 얹어 주어 생활에 보태게 했다. 혹시 밀고를 할 수 있기 때문에 언제 가지러 온다는 말은 하지 않았다. 사다만 놓으면 가져가겠다고 했다.

돈을 받은 주민 중에는 겁이 나서 장에 가지도 못하는 사람도 있고 나름대로 용감하게 물건을 사다 놓는 이도 있었다. 마을 주변 산에서 동태를 감시하다가 안전이 확인되면 내려가 물건을 받아 왔다. 협조 대상으로 지목한 집들은 대개 하루 한두 끼니도 때우기 어려운 집들이었다. 물건 사고 남은 돈은 쓰도록 하고 고기나 생선 같은 것도 본인들이 먹도록 두고 오면 퍽 고마워했다.

한두 번 거래에 성공한 주민에게는 다음부터는 집으로 물건을 찾으러 가지 않고 마을 근처 산에 비밀장소를 정해 그곳으로 가져오도록 했다. 한 번이라도 물건을 산 사람은 그 자체만으로도 토벌대에게 총살당하거나 극심한 고문을 당하게 되므로 스스로 고발하는 일은 없었다. 정해진 시간에 특정해 놓은 나무 밑이나 바위 뒤에 가면 물건을 싸들고 와서 기다리기 마련이었다.

이렇게 협조관계가 되면 협력자가 된 주민은 먼저 묻지 않아도 근처 어디에 군인들이 새로 왔다던가, 어디서 빨치산 몇 명이 체포되었다거나 죽었다는 소식을 알려주며 구연철의 안위까지 걱정해주었다. 이쯤 되면 본격적으로 붙들고 앉아 선전공작을 했다. 사회주의의 기본적인 원리라던가 조선의 정세 같은 것을 가르쳐 세포조직의 일원으로 성장시키는 단계였다.

빨치산 활동이 워낙 활발한 데다 주변에 마을이 많지 않던 지리산 방면에는 주민들이 의약품은 물론 성냥조차도 마음대로 사기 힘들었다. 빨치산들이 가장 필요한 것이 성냥임을 알고 있는 군경은 심지어 주민들이 다 쓴 성냥개비를 가져와야 그 숫자만큼 새 성냥을 살 수 있게 하기도 했다. 구연철이 활동한 지역들은 상대적으로 빨치산 숫자가 적다 보니 그 정도로 심하지는 않았으나 요소마다 군경의 검문소가 있어 특이한 물건을 소지하고 있다가 걸리면 곧바로 고문대에 올라야 했다.

구연철이 관리하던 세포 중 토벌대에 발각되어 체포당한 사람은 한 명도 없었다. 다만, 다른 지역의 한 세포가 등사작업을 위한 자재를 구입해 오다가 검문에 걸린 사건은 있었다. 토벌대는 빨치산 신문 발행을 위한 문방구와 의약품의 유통에 각별히 주의를 기울였다. 그런데 어수룩한 시골 농부가 종이와 잉크 등을 잔뜩 사 들고 가니 의심받을 수밖에 없었다. 다행히 농부에게는 학교 교사를 하는 딸이 있었다. 농부는 딸이 학교에서 쓰려고 사오라 했다고 둘러대 봉변을 피할 수 있었다.

갸름하니 부드러운 인상에 재치 있고도 온화한 성품을 가진 구연철은 대민업무에 적격자였다. 당 내부에서는 물론 민간인 협조자들 사이에 좋은 평판을 들으며 활동영역을 넓혀가는 일이 나름대로 보람이 있었다.

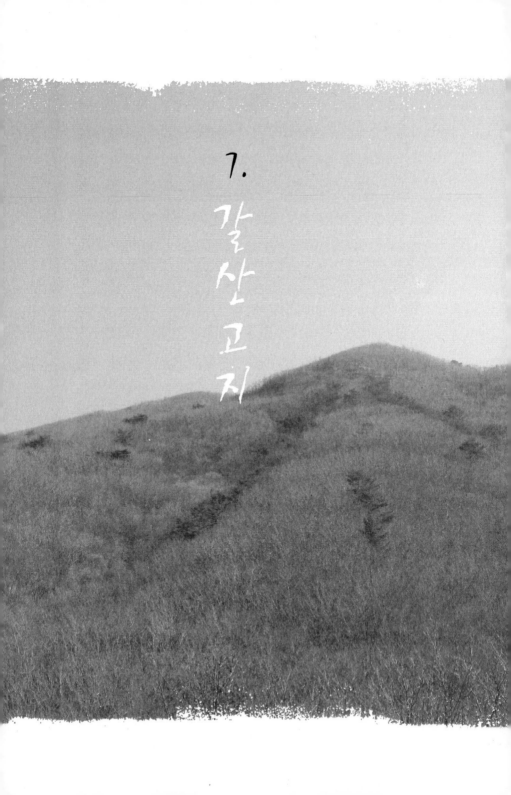

7.

갈
산
고
지

구연철이 한창 당 활동가로 성장하던 이 무렵, 남도부는 인민군 후퇴병력까지 합세해 1천여 명에 이르던 유격대를 7개로 나누어 신불산 주요 고지에 배치하고 그 중앙 부분인 해발 681미터의 갈산고지에 사령부를 설치해 반경 이십여 킬로미터 일대를 장악하고 있었다.

갈산고지는 사방이 깎아지른 벼랑으로 이뤄져 수비가 쉽고 멀리 부산으로 넘어가는 원동재까지 훤히 바라보이는 지정학적 요지였다. 남도부는 그 정상의 평지에 지구당 본부와 유격대 사령부를 함께 두고 부산과 경남 동부지역을 교란하고 있었다.

토벌대 쪽에서 집계한 것만 봐도 1951년 초부터 9월까지 남도부 부대는 군경 20명과 미군 10명을 사살하고 엠원 소총 40여 정을 포함한 수십 대의 총과 실탄 1만여 발을 노획했다. 또한 트럭 4대와 지프차 1대를 소각시켰다. 이는 축소 보고된 것으로 실제로는 훨씬 더 많은 전과를 올리고 있었다. 정규군이 아닌 지역 경찰과 민간인 지원자로 구성된 토벌대는 신불산 근처에도 오지 못했다.

경찰이 접근도 못하면서 배내골 일대는 해방구가 되었다. 남도부 사령부와 동부지구당이 위치한 갈산고지를 굽이쳐 흐르는 작은 계곡에는 일종의 취사장까지 상시적으로 운영될 정도였다. 취사를 맡은 대원들은 맑은 물줄기가 파란 호를 만들며 쏟아지는 파래소폭포에서 밥을 지어 보자기에 싸 짊어지고 길도 없는 가파른 벼랑을 따라 올라 다녔다.

구연철은 당 활동가여서 직접 총을 들고 맨 앞에서 총을 쏘는 일은 거의 없었으나 뛰어난 전술가이자 용맹한 전사인 남도부와의 출정은 늘 신이 났다. 남도부는 일제 때 일본에 유학하면서 가라데를 배웠는데 조선인 중 최고의 실력을 가진 것으로 유명했다. 혼자서 일본 깡패들을 물리친 이야기며 수도로 맥주병 주둥이를 날린 이야기들은 일제 때부터 널리 알려져 있었다. 남도부는 중요한 기습작전은 맨 앞장서 지휘했고 매번 승리를 거두었다.

구연철은 여러 차례 남도부 부대를 따라 전투에 참가했는데 형산강다리 폭파사건은 그중에서도 통쾌한 사건이었다.

울산군당에 배치된 지 얼마 안 된 1950년 말, 신불산의 한 골짜기에 군용트럭 10여 대가 들어오는 게 경계망에 포착되었다. 대리, 중리, 이천리로 이어지는 긴 골짜기여서 이천3리라 통칭하는 곳이었다. 사방에 빨치산이 웅거하고 있는 산골짜기에 겁도 없이 들어온 군용트럭들은 전쟁으로 비어 있던 시골학교 운동장에 들어가더니 나란히 군용천막을 치고 야영을 시작했다. 그런데 천막마다 붉은 깃발을 꽂아놓는 것이었다. 나중에 알았지만 미군 공병대를 의미하는 깃발이었다.

포항, 울산, 부산까지 원정 공격을 다니며 매번 승리를 해오던 남도부가 겁도 없이 자기 구역 안으로 기어들어온 미군부대를 내버려둘 리 없었다. 구연철을 포함한 당 요원들과 함께 망원경으로 부대의 동태를 살피며 예하 부대에 총집결 명령을 내렸다.

다음 날, 대원들이 긴급 소집되어 공격 작전을 짜고 있을 때였다. 갑자기 황당한 일이 벌어졌다. 미군기 두 대가 날아와 골짜기를 선회하더니 돌연 미군 주둔지에 폭격을 시작한 것이다. 천막에 꽂힌 붉은 깃발을 보고 인민군이라 오인한 듯했다. 계곡은 화염과 폭음으로 뒤덮였다. 망원경으로 내려다보니 이리 뛰고 저리 달아나고 가관이었다. 미군들은 혼비백산해서 학교를 버리고 계곡 하류 쪽으로 달아나버렸다.

대기하고 있던 빨치산들이 몰려 내려가 보니 미군들은 다 도망쳐 텅 빈 학교에 다이너마이트며 총, 수류탄, 보급품 깡통들이 수도 없이 쌓여 있었다. 빨치산들은 승리해 기분 좋을 때마다 인민공화국 만세를 외쳐 부르곤 했다. 다 같이 손을 치켜들며 신나게 인민공화국 만세를 연호한 후 보급품들을 산으로 나르기 시작했다. 모든 인원이 총동원되어 하루 종일 산속으로 실어 날라도 보급품의 극히 일부밖에 나를 수 없었다. 나머지는 불태워 폭파시켜버리고 신나게 산으로 퇴각했다.

남도부는 이날 확보한 다이너마이트로 형산강 다리를 폭파하기로 했다. 형산강 다리는 일본이나 미국으로부터 선박을 이용해 들어온 군수물자를 전방으로 보내는 중요한 통로의 하나였다. 남도부는 직접 다리 주변을 정찰해 세부적인 작전을 짠 다음 소수 정예대원을 선발해 폭파조와 엄호조로 나누었다. 그리고 남도부 자신이 직접 폭파조를 이끌고 교각에 다이너마이드를 설치했다.

거대한 폭음과 함께 무너져 내리는 다리의 모습은 실로 장관이었다. 형산강 다리는 복구되는 데 며칠이나 걸려 미군의 물자수송에 상당한 차질을 주었다. 이 사건은 미군전사에 자세히 기록되어 있는데 다리 폭파에 사용된 다이너마이트를 구한 과정은 그날 그 자리에 있었던 빨치산들만이 알고 있었다.

형산강 다리 사건 외에도 남도부 부대는 헤아릴 수 없는 크고 작은 전투를 벌여나갔다. 철도 파괴나 군용트럭 습격, 경찰지서 습격 등은 일일이 기록할 수 없이 많았다. 구연철도 중요한 여러 전투에 참가해 사전 정보 제공과 후방지원을 맡았다.

이 무렵인 11월 20일경에는 부산과 울산을 잇는 국도에 매복해 있다가 한밤중에 이동하는 군경트럭을 공격해 트럭 2대를 불태워버리고 군경 12명을 사살하기도 했다. 이때도 역시 다량의 무기와 총탄을 노획했다. 남도부 부대와 함께하는 한, 무기와 식량은 남아돌았다.

남도부 부대는 부산시내도 수시로 진입해 교란작전을 펼쳤다. 부산은 이승만 정부의 수뇌부와 미군 지휘부가 상주하고 있는 임시수도로, 유격대에게는 적의 심장과도 같은 곳이었다. 남도부는 소수 정예를 선발, 한밤중에 부산시내 깊숙이 진출해 미군 기지나 경찰관서에 총격을 가하고 재빨리 후퇴하는 작전을 구사했다. 구연철을 비롯한 당 요원들은 길 안내를 맡았다.

한번은 부산 시내에서도 중심인 중부경찰서까지 진출해 총을 쏘아 큰 혼란을 일으키기도 했다. 고요한 새벽에 도심 한복판에서 요란한 따발총 소리가 울리자 부산 전체에 비상이 걸려 사이렌 소리와 경광등 불빛으로 뒤덮였다. 그러나 비상 걸린 군경이 몰려다닐 시간에 유격대는 유유히 금정산을 넘어 양산 방면으로 빠져나가고 있었다.

부산 공략은 적을 몇 명 죽이는 데 목적이 있다기보다는 혼란을 일으키는 것 자체가 목적이므로 때로는 허공에 대고 총을 갈기고 재빨리 달아나기도 했는데 12월 중순경에는 남도부가 직접 부대를 이끌고 유엔군 총사령관 직속인 미군특공대를 기습해 미군 10명을 사살하는 큰 전과를 올리기도 했다.

잇단 승전으로 유격대와 지구당의 사기가 한창 고양되었던 1951년 1월 초순이었다. 울산군당위원장과 조직부장에게 지구당 본부로 들어오라는 소환장이 내려왔다. 울산군당에서 활동하고 있던 구연철이 안내를 맡아 세 사람이 함께 지구당으로 향했다.

무슨 일인지도 모르는 채 갈산고지에 도착하니 처음 보는 낯선 빨치산들이 우글거리고 있었다. 허름한 옷차림만 보아도 남도부 부대와 확연히 구별되는 것이, 다른 지역에서 온 빨치산이 분명했다. 공인두 위원장과 남도부 사령관은 그들 사이에 서서 심각한 표정으로 지켜보고 있었다. 울산군당뿐 아니라 다른 군당의 위원장급들도 속속 도착하고 있었는데 다들 표정이 좋지 않았다. 동부지구당이 산하 군당의 책임자 전원회의를 소집하는 것은 좀처럼 없는 일이었다.

이 무렵 사령부와 지구당은 갈산고지 맨 위의 평지에 큰 천막을 치고 있었다. 나중에 미군기의 공습으로 고지의 나무들이 불타버린 후에는 갈산고지 서북능선 아래로 내려가 사령부와 당이 약간의 거리를 두고 천막을 쳤으나 그때까지는 나무숲이 울창해 천막을 쳐도 외부에서는 보이지 않았다.

구연철은 회의에 참석할 자격이 없었기 때문에 다른 군당의 호위병들과 함께 본부 천막 밖에 대기하고 있었는데 천막 바깥까지 간간이 들려오는 고성을 통해 회의 내용을 대충은 알 수 있었다.

토벌대의 매복을 무릅쓰고 고위 간부들을 소집해 긴급회의를 연 것은 지구당의 명칭과 조직체계에 대한 논란 때문이었다.

남도부는 이북에서 내려오면서 조선노동당으로부터 동해남부지구당이란 명칭을 받아 왔다. 이에 따라 경남도당 동부지구당은 동해남부지구당으로 명칭을 바꿨고 유격대와 당 조직도 분리해 지구당 위원장에는 공인두가, 유격대는 남도부가 맡아 활동해왔다.

문제는 이러한 상황에 대해 경남도당에서는 알지 못하고 있었다는 점이었다. 남경우가 위원장을 맡은 경남도당은 낙동강 서쪽인 지리산 자락에 본부를 두고 있었는데 중간에 낙동강 전선이 가로막혀 서로 연락이 두절된 탓이었다.

경남도당은 낙동강전선의 동쪽에서 빨치산 투쟁이 벌어지고 있다는 정보는 입수했으나 그것이 동부지구당인지 아니면 동부지구당은 붕괴하고 다른 세력이 활동하고 있는 것인지 알 수 없었다. 남도부 부대가 내려와 지구당의 명칭과 체제를 바꿨다는 사실은 물론 모르고 있었다.

동부지구당이 생존했을지도 모른다고 판단한 경남도당은 산하 유격대인 조용구 부대, 차만리 부대, 허다와이 부대를 합쳐 조용구에게 지휘하도록 하여 동부지구로 파견했다. 다행히 지구당이 살아 있으면 지구당과 연락망을 구축하고, 지구당이 생존하고 있으면 조용구가 책임을 지고 지구당을 재수습하라는 명령이었다. 조용구 부대는 천신만고 끝에 신불산으로 들어왔고, 구연철이 지구당에 도착해 만난 것이 그들 부대였다.

갈산고지에 도착한 조용구는 동부지구당이 명칭까지 동해남부당으로 바꾸어 남도부 부대와 합쳐져 있는 것을 보고 크게 반발했다. 경남도당과 상의 없이 이뤄진 개편에 대해 도당의 전권을 위임받고 온 사람으로서 인정할 수 없다고 나섰다. 남도부는 자신이 조선노동당 중앙으로부터 권한을 위임받고 왔으므로 경남도당도 이를 받아들여야 한다고 주장했으나 이를 뒷받침해줄 문서 근거는 가지고 있지 않았다.

남도부, 공인두, 조용구 세 사람은 격론을 벌였으나 결론을 내릴 수 없었다. 이에 지구당 산하 군당위원장과 주요간부들을 모두 소집해서 이 문제를 어떻게 해결할 것인가에 대해 토론을 벌이기로 했고 울산군당 위원장과 조직부장도 여기 참석하기 위해 소환된 것이었다.

천막 밖에서 가만히 듣고 있으니 조용구를 중심으로 한 지역 간부들은 똘똘 뭉친 반면, 남도부는 혼자였다. 공인두는 어느 편도 못 들고 어설픈 태도를 취해 결국 지역 간부들의 편을 드는 셈이 되었다. 지역 간부들은 노동당에서 자신들에게 어떤 명령도 전달한 적이 없는데 일방적으로 남도부의 말만 듣고 당을 개편할 수는 없다고 결론지었다. 남도부는 거듭해서 자신이 당의 명령을 받아 내려왔으니 이에 따르라고 주장했으나 수적으로 상대가 되지 않았다. 남도부는 그렇다면 부대를 이끌고 북상하겠다고 화를 내기까지 했고 회의는 파장에 이르고 말았다.

울산군당으로 돌아온 얼마 후, 남도부 부대가 신불산에서 흔적도 없이 사라져버렸다는 사실이 알려졌다. 남도부 사령관 개인의 결정인지, 중앙당의 새로운 지시가 내려온 것인지 알 수 없으나 그날 회의 이후로 남도부 부대가 신불산을 버리고 북상해버린 것은 틀림없었다. 구연철이 보고 들은 것은 이게 전부였다.

남도부 부대가 철수해버린 후 동부지구당은 본래의 이름을 되찾았다. 그런데 조용구는 간부회의의 여세를 몰아서 자신이 위원장직에 앉아버렸다. 이는 지구당이 살아 있으면 연락망만 구축하고 돌아오라는 경남도당의 명령을 왜곡한 것이었다. 본래 지구당 위원장이던 공인두는 부위원장으로 격하되었다.

위원장이 된 조용구는 간부들을 이동 발령했는데 구연철이 소속된 울산군당의 경우 위원장은 다른 지역으로 보내고 조직부장을 위원장으로 승진시켰다. 구연철에게는 공석이 된 조직부장을 맡겼다. 조선노동당 당원이 된지 반년여 만에 만 21살 나이로 경남도당 울산군당 조직부장으로 임명된 것이다.

그런데 문제는 그렇게 간단히 끝나지 않았다. 긴급 간부회의가 있은 후 두 달쯤 지나 막 봄이 다가오던 3월 중순경, 남도부가 다시 300여 명의 유격대를 이끌고 내려온 것이었다. 경북도당 부위원장이던 이영섭과 함께였다.

이영섭에게는 지난 1950년 12월에 발효된 인민군총사령관 김일성 명령 제10호가 들려 있었다. 보다 효과적인 유격전을 위해 조선반도의 중남부지역 전체를 기존의 행정구역과 상관없이 10개의 유격지대로 나누고 당 조직과 유격대를 구별하지 말고 합쳐서 지휘하라는 내용이었다.

나중에 알았지만 중국군이 밀물처럼 내려오고 있던 시기에 북으로 거슬러 올라가던 남도부 부대는 2월 10일경 강원도 원주에서 중국군을 만나고, 14일에는 횡성에서 경북도당 유격대와 만난다. 이 무렵 경북도당은 배철의 후임으로 박종근이 위원장을 맡고 있었는데 이들 역시 북상하던 중 남도부 부대를 만난 것이다.

구연철로서는 중공군과 인민군이 파죽지세로 내려오던 시기에 두 부대가 왜 북으로 향하고 있었는가는 알 수 없었고 알 필요도 없었다. 다만 얼마 후에 두 부대가 인민군사령부의 새로운 명령 제10호를 받아 신불산으로 돌아오면서 지구당이 또 한바탕 홍역을 치르게 된 것이다.

제10호 명령에 따라 기존의 경북도당 전체와 경남도당 동부지구당은 유격대 제3지대가 되었다. 지대장에는 경북도당 위원장 박종근이, 부지대장은 남도부가 임명되었다.

이번에는 누구도 반발하지 못했다. 조용구가 이끌던 동부지구당은 자동으로 해체되고, 남도부 부대를 철수하게 만든 지난번 간부회의에 대한 책임이 추궁되었다. 부산 침공을 명령받고 내려온 남도부 부대를 북상토록 만든 것은 조용구의 종파주의적인 오류로 지적되었다. 경남도당의 명령까지 거부하고 스스로 동부지구당 위원장에 취임한 것은 소영웅주의적인 패권주의로 비판받았다.

엄중한 자아비판이 벌어져 조용구와 그의 심복이던 여성 간부 노쌍순 두 사람은 출당 조치되었다. 조용구의 종파주의적인 행태를 용인한 공인두와 조직부장 백호는 자신들의 기회주의적인 처신에 대해 자아비판하고 평당원으로 강등되었다. 출당 조치가 되었다고 해서 산에서 쫓겨나는 것은 아니었다. 조용구와 노쌍순은 비당원으로 산에 남아 활동했고 평당원이 된 공인두와 백호 역시 계속해서 같은 장소에서 함께 활동했다.

조직 변동은 여기서 끝나지 않았다. 다시 몇 달 지나지 않아 조선노동당 중앙당으로부터 제94호 결정문이 도착했다. 북쪽과 무선통신도 어렵고 연락원들은 중도에 전사하는 경우가 많아 노동당의 명령문이 제때 도착하기는 쉽지 않았다. 지리산 방면에서 특히 그런 현상이 심했는데 태백산맥의 끝자락인 경상도 지역은 비교적 원활하게 명령이 도착한 것이다.

1951년 8월 31일자로 발효된 중앙당 정치위원회의 제94호 결정문은 유격전 강화를 강조했던 지난번의 제10호 명령과 달리 당 조직의 재건에 역점을 두라는 내용이었다. 전선이 중부 지역에 고착된 채 휴전협정이 시작되면서 지하당 재건의 필요성이 부각된 것이다.

이에 따라 종전의 10개 유격지대가 5개의 노동당 지구당으로 재편되었다. 동해남부지구당은 영역의 변경 없이 제4지구당으로 바뀌었다. 명칭만 유격대에서 당으로 돌아간 셈이었다. 직책 역시 그대로 인계되어 제3지대 지대장이었던 박종근이 그대로 제4지구당 위원장이 되고 부지대장이던 남도부는 유격대 사령관이 되었다.

당 사업이 강조되면서 소속 군당들의 합종연횡도 이뤄졌다. 2~3개의 군당들이 합쳐 한 개의 소지구당으로 재편성되었다. 부산시와 동래군당이 제1소지구당, 밀양군과 청도군이 제2소지구당이 되었다. 구연철이 소속되었던 울산군당은 경주군당, 양산군당과 합쳐서 제3소지구당이 되었다. 구연철의 조직부장 직책은 그대로 유지되었다. 조선노동당 제4지구당 제3소지구당 조직부장이 공식적으로 당에서 받은 구연철의 마지막 직함이 되었다.

1951년 겨울은 혹독했다. 중부전선에서 인민군 및 중국군과 치열한 고지 쟁탈전을 벌이고 있던 4만여 병력이 동계 소강기를 틈 타 빨치산 토벌을 위해 대거 남하했다. 전쟁 전에도 두 해 겨울 동안 전방부대를 동원해 대토벌작전을 펼치더니 한창 전쟁 중인데도 다시 끌고 내려온 것이었다. 그중 만 명이 넘는 대부대가 제4지구당이 활동하고 있던 태백산맥 남부지역을 이

잡듯 뒤져댔다.

온종일 계속되는 수색과 네이팜탄까지 동원한 미군기의 폭격으로 신불산 일대가 초토화되는 상황에서 광목 천막이나 야전 온돌은 사치스런 추억이었다. 쉴 틈을 주지 않고 교대로 계속되는 공격에 밥 해 먹을 시간조차 없이 이리저리 도망치다 보면 어느새 주변 동료들은 다 쓰러지고 자기 혼자 남기 일쑤였다. 골짜기마다 빨치산의 피가 뿌려지지 않은 곳이 없었다.

동계공세가 막바지에 이르던 1952년 2월에는 제4지구당 위원장 박종근까지 전사하고 말았다. 박종근은 토벌대에 포위되자 투항하지 않고 자살을 택한 것으로 알려졌다. 부위원장이던 이영섭이 위원장직을 승계했다.

제4지구당뿐만이 아니었다. 빨치산의 주력이라고 할 수 있는 지리산 쪽에는 1951년 12월 초부터 2주일간 계속된 첫 공격에만도 940명의 빨치산이 죽고 1,600명이 체포되었을 정도였다. 빨치산들이 가매장한 숫자는 여기에 포함되지 않기 때문에 실제 피해는 더 컸다. 얼마 후에는 대성골 한 곳에서만 천 명 가까이 사망하는 막대한 피해를 입기도 했다.

소수 정예대원으로 적을 혼란시키거나 매복했다가 기습하고 달아나는 유격진은 동계공세 앞에 아무 의미가 없었다. 빈틈이라곤 없이 조여드는 토벌대의 포위망을 뚫기 위해 다 함께 총질을 하며 적진을 돌파해야 했다. 그때까지 총을 쏠 일이 별로 없던 구연철도 마찬가지였다. 사방 여기저기 날아와 꽂혀대는 총탄을 피할 길도 없었다. 무작정 총을 쏘며 달아나다 보면 죽거나 아니면 살아남았다.

하급 간부인 구연철은 정확한 통계를 가지고 있지는 않았으나 한때 인민군 후퇴병력까지 합쳐져 1천 명에 이르던 남도부 부대는 남도부가 북상했다가 내려오면서 600명으로 줄어 있었는데 동계공세를 겪으며 다시 절반 정도로 줄어든 것 같았다. 하지만 전방까지 비워두고 내려온 정규군 1만여 병력의 공격과 미공군의 융단폭격에 비하면 치명적인 피해라고 할 수는 없었다. 피해도 주로 경북 쪽에 집중되어 남도부가 직접 지휘하는 신불산 지역은 한결 적었다. 제4지구당 빨치산들의 사기는 오히려 높아져 있었다.

1952년 봄이 오면서 이영섭 위원장 아래 전열을 재정비한 제4지구당 유격대는 또다시 부산과 경남일대의 미군과 국군을 교란하기 시작했다. 남도부는 김진기 부대, 도영호 부대, 홍길동 부대, 차만리 부대, 서상호 부대 등을 유효적절하게 동원해 전방으로 향하는 미군 보급로 차단에 상당한 성과를 거두었다.

미군은 남도부 부대의 기습작전에 여전히 무기력했다. 소규모 정예대원이 철로를 마비시키거나 미군보급창을 파괴하는 공격은 일상적이었고 때때로 대규모 공격으로 큰 피해를 입히기도 했다.

남도부가 직접 선봉에서 지휘하는 대규모 공격에는 부대원 6~70명과 당원 2~30명이 동원되었다. 충분히 사전정보를 입수하여 공격하기 좋은 위치에 매복을 시킨 다음 트럭행렬의 앞뒤를 끊어놓고 부차별 공격을 가했는데 때로는 수 킬로미터에 이르는 도로를 장악해 트럭을 불태우고 보급품을 탈취하기도 했다. 소규모 부대가 부산시내에 잠입해 전선이나 통신선을 파괴하는 일도 일상적으로 계속되었다.

1952년 초부터 10월 말까지 제4지구당 영역에서 일어난 피해에 대해 미군 쪽에서 집계한 것만 봐도 군경 150여 명과 미군 20명, 민간인 20명이 죽고 군경 10여 명이 생포되었다가 풀려났다. 또한 트럭 10대와 지프 2대, 열차 2량을 파괴하고 카빈총 70여 정을 포함해 무수한 군수물자를 탈취당했다고 보고했다. 사소한 피해는 보고조차 되지 않았다.

미군사령부가 중부전선에서 대규모 부대를 차출해 남부지역으로 내려 보내는 위험을 감수할 수밖에 없던 것은 빨치산들의 후방교란 작전이 성공을 거두었다는 의미이기도 했다. 결과적으로 지리산과 신불산을 중심으로 한 남부지역 유격대들은 휴전선을 한 치라도 더 남쪽으로 끌어내리는 역할을 한 셈이었다.

8.
삶과 죽음

혹독했던 1951년 겨울을 무사히 넘긴 구연철은 아무것도 두려울 것이 없는 전사로 성장해 있었다. 굳이 서열을 따지자면 제4지구당의 열 번째 안에 드는 중견간부로서 제3지구당 영역인 울산, 양산, 경주지역의 문제에 관한 한 독자적인 결정권도 가지게 되었다.

　강인한 봄풀들이 언 땅을 비집고 일어나기 시작할 무렵이었다. 조직부 산하의 하부 지도원 세 명을 데리고 이동하는 길이었다. 유격대는 보급품 조달하러 가는 것조차 보급투쟁이라 부르듯이 모든 활동을 투쟁이라고 불렀는데 당 활동가들은 공작이라고 불렀다. 정확히 말하자면 양산군으로 대민공작을 나갔다가 경주 토함산 방면에 있는 제3소지구당 본부로 밤을 타 이동하는 길이었다.

울산과 경주를 잇는 비포장도로는 빨치산의 사냥터와 같은 곳이었다. 밤낮없이 오가는 군용트럭이며 지프들은 먹잇감이나 마찬가지였다. 남도부 부대가 헤아릴 수 없이 기습작전을 벌여 번번이 성공한 곳이었다. 구연철 일행이 도로를 횡단하려고 행군하고 있던 그날 밤에도 간간이 군용트럭이며 지프차들이 지나가고 있었다.

어두운 밤길을 따라 약간의 간격을 두어 두 사람을 앞세우고 뒤로 한 사람을 따라오도록 배치해 행군하고 있던 구연철은 문득 호기가 일었다. 전조등을 밝힌 채 뽀얗게 먼지를 날리며 달리는 군용차량들을 보니 저것들 한 번 혼내주고 가야겠다는 생각이 들었다. 대규모 작전이면 몰라도 소규모 기습작전 정도는 전결권을 가질 수 있는 당 간부라는 자부심도 있었다.

총기는 충분했다. 대원들은 미군으로부터 노획한 카빈 소총으로 무장했고 구연철은 엠투 소총으로 무장하고 있었다. 보통 미군이 사용하는 엠원 소총은 총알이 열 개 들어가는 탄창밖에 끼울 수 없고 방아쇠를 당길 때마다 한 발씩만 나가는 단발식이었다. 반면 엠투 소총은 서른 발짜리 탄창을 끼울 수 있고 손가락을 당기고 있으면 기관총처럼 연사가 가능했다. 당 간부들은 체포될 경우 자살할 수 있도록 권총이 주어졌다. 조직부장인 그도 엠투 소총 외에도 권총으로 이중무장을 하고 있었다.

구연철은 앞뒤 대원 셋을 불러 모았다. 울산 읍에서 경주 방면으로 십 킬로미터쯤 올라가는 울산군 호계마을 근방이었다. 계단식 논의 논두렁 밑에 모여 앉게 하고 말을 꺼냈다.

"동무들, 우리 미군 트럭들 한번 두들기고 가는 게 어떻겠소?"

세 사람은 마치 기다렸다는 듯이 맞장구를 쳤다.

"부장 동지, 좋습니다! 한판 칩시다. 한판 벌려 보급 좀 해 갑시다."

동계공세에서 살아남은 대원들이라 겁도 없었다. 중무장한 병력이 탑승했을지도 모를 트럭들을 단 네 명이 공격하는 것은 무모한 짓이었지만 22살의 구연철이나 하부대원들이나 아무 두려움 없이 결정해버렸다.

도로가 바로 내려다보이는 논까지 진출한 네 사람은 납작하게 엎드려 만만한 차량이 나타나기를 기다렸다. 얼마간 기다리고 있으려니 어둠을 뚫고 차 한 대가 나타났다. 조금 이상하다는 생각은 들었다. 보통 미군트럭은 고무타이어 튀는 소리를 내며 거침없이 자갈길을 달려가는데 그 차는 속도도 느리고 바퀴 구르는 소리도 달랐다. 전조등 모양으로 보아 탱크가 아닌 것은 확실했다. 느리게 움직이니 쏘아 맞추기는 더 좋겠다고 판단했다.

가까이 다가오기를 기다렸다가 구연철이 먼저 방아쇠를 당겼다. 거의 동시에 다른 세 사람도 총알을 퍼붓기 시작했다. 정확히 날아간 총알들이 철판에 맞으며 불똥을 일으켰고 차는 그 자리에 우뚝 섰다. 몇 방 더 갈기니 전조등까지 딱 꺼졌다.

"성공이다!"

차가 파괴되었다고 생각한 네 사람은 부지런히 빈 탄창을 뽑아내고 새 탄창을 끼웠다. 평소 경험대로라면 탑승한 사병들은 벌써 놀라 달아났을 것이었다. 느긋하게 공포를 쏘아대며 내려가 보급품을 챙기면 그만이었다. 새 탄창을 끼운 네 사람은 뛰어 내려가려고 몸을 일으켰다. 그때 돌연 차의 전조등이 다시 켜졌다.

"뭐꼬?"

네 사람은 한 번 더 혼을 내야겠다 생각하고 다시 엎드려 사격자세를 취했다. 그런데 바로 그 순간 엄청난 굉음을 울리며 총알이 날아오기 시작했다. 분명 개인화기 소리가 아니었다. 탱크에나 장착하는 중기관총 소리였다. 우두두둑 소리와 함께 날아온 총알들이 네 사람이 엎드린 논둑이며 주위의 바위에 박혀댔다.

"이 뭐꼬?"

차가운 논바닥에 얼굴을 처박고 엎드려 있는데 정신이 하나도 없었다. 한참 총탄을 퍼부은 차는 사격을 멈추고 다시 천천히 움직이기 시작했다. 분명 수십 발의 총탄을 쏘아 맞췄는데 다시 움직이다니, 네 사람은 놀란 가슴을 진정시키며 살짝 고개를 들어보았다.

포는 장착하지 않았지만 사방에 철갑을 두른 것이 작은 탱크 같았다. 그제야 말로만 듣던 장갑차라는 것을 알았다. 다른 세 사람도 장갑차를 처음 보았기 때문에 멍하니 바라보기만 했다. 다시는 총을 쏠 엄두도 못 낸 채 장갑차가 멀리 사라지도록 납작 엎드려 있었다.

허무하게 실패를 했으나 소총으로 장갑차를 공격하고도 아무도 부상당하지 않은 것만도 다행이었다. 네 사람은 장갑차가 멀리 사라진 후에야 놀란 가슴을 쓸어내리며 일어섰다. 서로 눈이 마주치니 슬그머니 웃음이 나왔다. 네 사람은 서로를 손가락질하며 한참을 웃어댔다.

다시 행군을 시작해 들을 건너니 무룡산이 나타났다. 해발 452 고지밖에 안 되었으나 주변이 야산지대이고 산 너머가 바로 동해바다라서 우뚝 솟아 보이는 산이었다. 벌써 새벽이 다가오고 있었다. 다음 날의 활동을 위해서는 어디선가 숙영을 해야 하는데 무룡산에 들어갔다가는 반드시 토벌대를 만날 것 같았다. 비록 실패했지만 장갑차 공격 사건이 보고되어 토벌대가 출동할 게 뻔했다.

누가 보더라도 저곳은 숨을 데가 못 된다고 생각할 곳이 빨치산에게는 가장 적합한 은신처였다. 계단식 논들로 이뤄진 골짜기를 사이에 두고 무룡산과 마주한 야트막한 야산이 눈에 들어왔다. 발각되면 달아날 새도 없이 몰살당할 만한 곳이었다. 그만큼 적의 관심을 끌지 않을 곳이기도 했다.

야산에 들어가 찬찬히 주위를 살펴보니 빗물에 파여 나갔으나 물은 흐르지 않는 마른 도랑이 보였다. 사람 하나가 들어가 쭈그려 앉으면 딱 맞을 비좁은 도랑이었는데 주변에 잡목들이 자라나 눈에도 잘 띄지 않았다. 네 사람은 서로 조금씩 떨어져 골 안으로 기어들어갔다.

도랑에 쪼그려 앉아 얼마쯤 졸고 있으려니 날이 밝아왔다. 배가 고파 죽을 맛이었으나 연기를 피울 수도 없어 생쌀을 씹으며 바깥 상황을 살펴보았다.

예상대로였다. 이슬도 마르지 않은 이른 아침부터 대규모 토벌대가 나타났다. 배낭까지 완전군장을 한 병력들이 떼 지어 무룡산으로 올라가는 것이 보였다. 직선거리로 불과 수백 미터 사이였다. 군인의 일부는 토함산 방면으로도 올라갔는데 구연철이 숨은 야산 쪽은 거들떠보지도 않았다.

움직거리기도 힘든 흙 틈에 불편한 자세로 쪼그린 채 계속 지켜보고 있노라니 얼마 지나지 않아 빵빵 총성이 들리기 시작했다. 누군가 다른 빨치산 부대가 있었거나 아니면 대나무 밭이나 바위틈 사이에 무작정 사격을 가하는 게 분명했다.

이남에서 산세가 가장 크다는 지리산조차도 한나절이면 산정까지 오를 수 있었다. 두어 시간이면 관통할 수 있는 무룡산에 숨어 대규모 토벌대를 만나면 몰살당하는 도리밖에 없었다. 일 년 반 넘게 산 생활을 해온 구연철의 경험이 모두를 살린 셈이었다.

온종일 물 한 모금 못 마시고 생쌀만 씹으며 버티고 있으려니 해가 저물어갔다. 비로소 토벌대의 철수가 시작되었다. 퇴각을 알리는 호각소리와 총성이 울리더니 여기저기 산속에서 떼 지어 내려오는 모습이 보였다.

다시 밤을 이용해 이동하려고 마음먹었다. 그런데 국군 1개 소대병력이 본대로부터 벗어나더니 동쪽으로 행군하는 모습이 눈에 들어왔다. 망원경이 있다면 얼굴까지 선명히 알아볼 만한 가까운 거리였다. 그쪽으로 가면 방어진 바닷가밖에 안 나오는데 어디로 가는 걸까 궁금해 지켜보았다.

국군 소대는 나직한 고갯길을 만나자 행진을 멈추더니 흙길 양편에 길게 자리를 잡고 앉았다. 좀 더 지켜보니 배낭까지 벗어놓고 편한 자세로 앉아 날이 어두워지도록 이동을 하지 않았다.

매복에 들어간 것이 틀림없었다. 매복은 밤중에 눈에 띄지 않게 나가야 하는 게 원칙이었다. 사방에서 다 볼 수 있는 대낮에 매복을 시작하는 것은 군사작전의 기본도 모르는 짓이었다.

독수리가 고기를 보면 탐을 내듯이, 구연철의 마음속에 또다시 호기가 일었다. 사방에서 다 보이는 곳에 배낭까지 벗어놓고 있을 정도로 군기가 빠진 부대라면 한 번 칠 만하다는 생각이었다. 병력이 열 배에 이르고 무기가 아무리 좋아도 불의의 기습에 당할 수는 없다는 게 그동안의 경험이었다. 구연철은 어두워지기 전에 세 사람을 불러 모아놓고 속닥였다.

"동무들, 배고프지요? 소지구당까지 가려면 밤새도록 또 걸어야 할 텐데 우짤기요? 여기서 한 건 해서 식량도 챙기고 보급품도 챙기는 게 어떻겠능교?"

어젯밤에도 한바탕 혼이 났는데 또다시 소대 병력을 치자는 말에 두 사람은 뜨악한 표정이 되었는데 제주도 출신 임영길이 씩씩하게 맞장구쳤다.

"부장님 합시다! 배고파 밤새 못 걷겠소."

제주도에서 중학교까지 다닌 임영길은 아는 것도 많고 머리도 좋아서 구연철이 연락병처럼 데리고 다니던 친구였다. 임영길이 적극적으로 나서자 다른 두 사람도 싫다는 말을 못하고 동의했다.

"좋소, 그럼 저것들이 고단할 때까지 기다렸다가 자정쯤 때려버립시다!"

다시 골 안에 웅크리고 앉아 밤이 깊기를 기다리는 데 영 시간이 가지를 않았다. 배는 고프고 목도 마르니 한 시간이 하루보다 더 길게 느껴졌다. 기다리다 지친 네 사람은 아홉 시가 넘자 조심스럽게 이동하기 시작했다.

불과 수백 미터 정도밖에 안 되는 거리였다. 조금만 큰소리가 나도 총탄 세례를 받을 것이었다. 발자국 소리까지 죽여 멀리 산길로 돌아 접근해 들어갔다. 주변에 집 한 채 없는 깜깜한 산중이라 마른 나뭇가지 하나를 밟아도 몇 십 미터까지 소리가 들렸다. 한 걸음을 내디딜 때마다 발바닥을 휘휘 돌려 장애물이 있는가 확인한 다음 조심스럽게 살짝 내려야 했다. 빤히 보이는 곳에서 출발해 수십 미터 거리까지 접근하는 데 한 시간 넘게 걸렸다.

군인들은 저녁에 본 그대로 언덕길 바닥에 길게 줄지어 앉아 쉬고 있었다. 매복을 하려면 길보다 높은 숲속에 철저히 몸을 숨겨야 하는데 억지로 나오다 보니 아무런 전의도 없이 평평한

길바닥에 그대로 퍼져 앉아 배낭에 기대 쉬고 있는 것이었다. 별도의 감시병조차 세우지 않고 있었다.

네 사람은 군인들이 잠들기를 기다리며 초조한 시간을 보냈다. 재채기만 해도 집중 사격을 당할 만한 거리였다. 담배도 피울 수 없고 이야기도 나눌 수 없었다. 자꾸 시계를 보아도 바늘은 좀처럼 움직이지 않는 것만 같았다. 배고프고 지친 대원들은 자꾸만 조직부장의 얼굴만 쳐다보았다.

구연철 자신도 지루하고 긴장되어 더 버틸 수가 없었다. 11시 정각이 되었을 때 기다리라고 손짓을 해놓고 혼자 포복해 좀 더 가까이 다가갔다. 군인들 바로 위쪽에 묘지가 있어 엄폐물이 되어주었다. 봉분 뒤에 몸을 숨기고 조심스레 고개를 빼어 내다보니 철모들만 내려다보이는데 가까운 군인과는 불과 10미터 거리였다.

여기저기서 낮게 코 고는 소리가 들려왔다. 다들 지쳐 잠든 게 틀림없었다. 대원들에게 기어오라고 손짓을 했다. 나란히 엎드려 사격을 준비하는데 길 아래라 철모만 달빛에 반짝거릴 뿐 사람의 형상은 확인할 수가 없었다. 길도 일직선이 아니고 구불구불해서 길바닥으로 뛰어 내려간다 해도 한눈에 적을 확인할 수 없기 때문에 잘못하면 양쪽에서 사격을 당할 수도 있었다.

겁이 나지는 않았다. 이후 상황이 어떻게 되든 가까이 있는 몇 명은 사살할 수도 있었다. 하지만 피곤해 잠든 자들을 쏘아 죽이고 싶지는 않았다. 교전 중에는 서로 죽이려고 쏠 수밖에 없지만, 빨치산은 미군이든 국군이든 일단 포로로 잡으면 잘 타일러 살려 보내는 게 원칙이었다. 정치위원 안철과 남도부가 항상 하는 말이기도 했다. 빨치산은 사람을 죽이기 위해 싸우는 게 아니라 살리기 위해 싸운다는 것이 구연철 자신의 신념이기도 했다. 무방비 상태로 잠들어 있는 저들도 다 같은 조선의 젊은이라는 생각이 들었다. 미국과 이승만 군대에 의해 강제로 끌려온 이들이 대부분일 것이었다. 그러니 저렇게 아무 전투 의지도 없이 졸고들 있는 것이라는 데 생각이 미치니 차마 조준사격을 할 수가 없었다.

구연철은 다가온 대원들에게 죽이지는 말고 소란만 피워 쫓아내버리고 보급품이 든 배낭만 챙기자는 뜻을 전달했다. 다른 대원들도 찬성이었다. 잠시 숨을 고른 다음 먼저 구연철이 벌떡 일어나 목청껏 고함을 지르며 엠투 소총을 난사하기 시작했다.

"인민공화국 만세!"

다른 대원들도 함께 외치며 일제히 총을 갈겨댔다. 지리산의 이현상 부대는 공격할 때마다 나발을 불어 토벌대의 혼을 빼놓곤 했다. 나발 대신 고함을 질러 존재를 알린 것이었다.

고요한 밤중에 울리는 소총소리는 엄청났다. 졸고 있던 병사들은 혼이 빠져 대응할 생각도 못하고 길 아래 언덕으로 마구 굴러내려 정신없이 달아나기 시작했다. 응사하는 총성 하나가 없었다.

탄창을 갈아 넣고 내려가 보니 텅 빈 길바닥에 배낭이며 소총들만이 널려 달빛을 받고 있었다. 총에 맞아 쓰러져 있는 병사는 보이지 않았다. 병사들은 길 아래 가파른 언덕을 구르기도 하고 뛰기도 하며 정신없이 달아나고 있었다.

짧은 순간, 저렇게 겁 많은 젊은이들을 잡아다 살인자로 만드는 전쟁이 슬프다는 생각이 스쳐갔다. 저렇게 순해 빠진 농민의 자식들을 데려다 수십 만 명의 양민과 보도연맹원들을 학살하게 만든 이승만 정권에 대한 증오심도 스쳐갔다.

이런 마음이 구연철과 같은 빨치산만의 것도 아니었다. 군인들 중에도 이승만 정권을 혐오하는 이가 적지 않았다. 어쩔 수 없이 토벌대로 내려와 빨치산을 잡으러 다니면서도 일부러 총알을 무더기로 놓고 가거나 빨치산이 지나는 것을 눈치 채고도 못 본 척하여 살려주는 경우가 종종 있었다. 공산주의 이론에 동조하지 않더라도, 같은 민족의 젊은이를 차마 죽일 수 없어 한 명이라도 더 살리려 애쓰는 장교들도 없지 않았다.

"만세! 인민공화국 만세!"

기분 좋게 만세를 삼창한 후 노획품 수확에 들어갔다. 바닥에 널린 배낭들이 모두 돈다발이라도 되는 듯 신이 났다. 그 자리에서 열어볼 수는 없었다. 토벌대가 대열을 정비해 돌아오기 전에 서둘러야 했다. 네 사람은 닥치는 대로 양 어깨에 배낭을 하나씩 둘러메고, 머리에도 이고 등에도 지고 새 총도 한 자루씩 집어 들고 현장을 빠져났다.

무거운 짐을 지고 한 시간은 넘게 산길을 걸어서야 마음 놓고 짐을 풀어 보니 별게 다 들어 있었다. 미군이 공급한 식량 통조림부터 수류탄, 실탄, 의약품까지 없는 게 없었다. 우선 건빵이며 과자 따위부터 허겁지겁 먹어댔다. 배를 채운 후에는 실탄과 수류탄에 식량만 골라 챙겼다. 총이며 미제 깡통같이 무거운 것들은 당장은 필요도 없으니 기억하기 좋은 나무 밑을 파고 묻어 두었다. 그리고 기분 좋게 다시 한 번 인민공화국 만세를 외치고 서둘러 그 자리를 빠져나왔다.

장갑차 기습의 실패를 만회한 통쾌한 기쁨은 이루 말할 수 없었다. 구연철이 겪은 헤아릴 수 없이 많은 전투 중에서 가장 유쾌한 사건이었다. 함부로 정면대결을 하지 않고 소규모 병력으로 적의 약점을 노려 치고 빠지는 유격전의 전형적인 사례이기도 했다. 그날의 사건에 대해 나중에 민간 정보원을 통해 확인해 보니 총을 맞은 군인은 없고 사병 둘이 언덕길을 뛰어 달아나다 굴러서 다친 게 전부라고 했다.

하지만 이렇게 신나는 사건은 거의 없었다. 전쟁은 결코 아이들의 전쟁놀이가 아니었다. 전쟁터에 투입된 그 누구도 행복하게 만들 수 없는 비극이었다. 수많은 전투 속에 수많은 동료들의 죽음을 보았지만 그중에서도 잊을 수 없는 기억들이 있었다.

1952년 겨울이었다. 미군사령부는 또다시 대규모 전방부대를 남하시켜 남부지역의 빨치산 소탕에 들어갔다. 구연철로서는 세 번째 맞는 산중의 겨울이자 두 번째 맞는 동계공세였다.

여섯 명의 대원을 이끌고 대민공작을 나갔다가 소지구당 본부로 돌아오는 길에 노출되어 토벌대에게 포위가 되고 말았다. 토함산 줄기였다. 혹독한 추위 속에 불 한 번 쪼이지 못하고 며칠 째 이동을 하던 대원들은 지칠대로 지쳐 있었으나 몰래 포위망을 빠져나갈 도리가 없었다.

당시 제3소지구당에는 백두흠 부대 50여 명이 배속되어 있었으나 구연철 일행과 반대편인 울산군 두동면에 있어 서로 연락을 할 수가 없었다. 여섯 명 대원이 결사적으로 싸워 뚫고 나갈 수밖에 없었다.

대원 중에는 소녀가 하나 있었다. 울산군 두동면 출신으로 부모가 둘 다 남로당원이었다. 부모는 전쟁이 터지기 전인 1949년에 지하당 활동이 드러나자 검거를 피해 입산하면서 외동딸이던 그녀를 고모 집에 맡겨놓았다. 자식들 먹여 살리기도 힘든 고모 집에 얹혀 학교를 다니던 아이는 미안한 마음에 견디지 못하고 전쟁이 터지던 해에 자기 발로 부모를 찾아 산으로 올라왔다. 열여섯 살밖에 안 될 때였다.

막상 산에 올라오니 어머니는 토벌대에 쫓기다가 체포될 위기에 처하자 자살해버렸고 아버지는 다른 지역으로 파견 가고 없었다. 울산군당은 고모 집으로 돌아가라고 달랬으나 소녀는 싫다고 버텼다. 강제로 내려 보낼 수도 없고 전투를 시킬 수도 없던 군당은 지도부 가까이 두고 공부를 가르치며 돌봐주었다. 소녀의 아버지도 얼마 후 전사했지만 본인에게는 도저히 알려줄 수가 없었다.

소녀는 2년 가까이 산 생활을 하며 몸도 성숙해지고 성품도 씩씩해졌다. 자연히 대민사업에도 조금씩 따라 나서게 되고 소총을 주면 보초도 곧잘 섰다. 지도부는 어엿한 처녀로 자라 대원이 된 그녀에게 김서형이라는 가명을 붙여 구연철의 조직부에 배속시켰다.

구연철은 고만한 나이의 소녀들이 다 그렇듯이 사소한 일에도 잘 웃고 잘 감동하는 김서형을 각별히 귀여워했다. 공부하기를 좋아했기 때문에 시간이 날 때마다 이론학습을 시켜주었는데 얼마나 열심히 듣고 잘 기억하는지 몰랐다. 전투력도 남성 대원들과 별 차이가 없이 민첩하고 영리해서 당당히 한몫을 하고 있었다.

대원들을 불러 모아 결사투쟁으로 포위망을 뚫기로 결의를 다진 구연철은 김서형과 임영길을 데리고 토벌대를 저지하는 역할을 맡았다. 나머지 네 대원은 포위망을 뚫을 길을 찾기로 했다.

세 사람은 산기슭에 엎드려서 밀려오는 토벌대를 향해 사격을 가하기 시작했다. 교전이라 해서 무한정 총을 쏘아대는 것은 아니었다. 가진 총알이 제한되어 있기 때문에 적의 동향을 지켜보고 있다가 누군가 머리를 내민다거나 이동을 하려 하면 한 발씩 겨냥해 쏘았다. 토벌대도 빨치산에 대한 두려움 때문에 필사적으로 덤벼오지는 않았다. 가끔 총탄을 날려주면 자기들도 뻥뻥 허공에 쏘아댔다. 그렇게 몇 시간씩 대치하다가 어두워지면 교전을 멈추고 서로 다른 곳으로 이동하는 게 보통이었다.

그날도 그렇게 한동안 대치를 계속하고 있을 때였다. 5미터쯤 떨어진 바위 뒤에 몸을 숨기고 총을 쏘고 있던 김서형이 갑자기 옆으로 푹 쓰러졌다.

"부장동무…… 부장동무……."

고통스럽게 부르는 소리에 깜짝 놀라 낮은 포복으로 기어가

보니 복부에 붉은 피가 번지고 있었다. 총탄이 복부를 관통해 버린 것이었다. 총알 들어간 부분은 크지 않았으나 등으로는 주먹이 들어갈 정도로 구멍이 나 있었다. 최대한 낮은 자세로 사격을 해야 하는데 구연철이 보이지 않으니까 찾으려고 몸을 일으켰다가 바로 맞아버린 것이었다.

인영길이 혼자 국군을 막고 있는 사이 손을 써보려 했지만 도리가 없었다. 팔다리의 총상이라면 지혈하고 소독약이라도 뿌리겠지만 복부에 구멍이 나버린 환자를 응급 처치할 방법은 없었다.

"김 동무, 정신 차려! 저놈들 물리치고 보살펴줄 테니까 정신 잃으면 안 돼!"

터져버릴 것 같이 아픈 마음을 억누르며 일단 옆으로 눕혀놓고 교전을 계속해야만 했다.

"조금만 기다려. 조금만 있으면 어두워지니까 저놈들 물러날 거야."

계속 말을 시키며 총을 쏘아대는 사이 겨울 오후는 빠르게 저물어갔다. 다행히 토벌대는 어둠과 함께 사격을 멈추고 뒤로 물러났으나 완전히 퇴각을 하지는 않고 들판에 매복을 하는 모습이 보였다. 포위망을 유지한 채 다음 날 다시 공격해 오기 위함이었다.

일단 어두워졌으니 빠져나갈 확률이 높아졌다. 탈출구를 확보하려고 갔다가 포위망을 뚫지 못한 채 제각기 교전을 벌이던 대원들도 모두 돌아왔다. 김서형은 그때까지도 숨이 붙어 있었다.

"김 동무, 정신 차려! 우리가 꼭 살려줄게!"

다들 그녀를 둘러싸고 어떻게든 해보려고 기를 썼다. 각자 가진 약이며 붕대를 다 쏟아내서 소독약으로 환부를 씻어내고 옷을 찢어 붕대처럼 감아보았지만 내장이 다 상해버린 환자를 살릴 길이 없었다. 피는 계속 흘러내렸고, 총기 넘치던 김서형의 눈에는 차츰 빛이 사라져갔다. 구연철은 마음이 다급해졌다.

"서형 동무! 정신 좀 차려 봐. 한 시간만 더 기다려 봐. 완전히 어두워지면 포위망을 뚫고 의무대에 데려갈 테니까 한 시간만 기다려 봐!"

진심이었다. 완전히 어두워지고 국군들이 취침에 들어가면 초병들 따위는 얼마든지 따돌릴 수 있었다. 포위망만 뚫을 수 있다면 등에 업고 몇 십리라도 뛰어가 소지구당 의무병에게 보일 수 있을 것 같았다. 하지만 동료들의 애타는 호소에도 그녀는 점점 의식을 잃어갔다.

"서형이 정신 좀 차려 봐. 서형아 정신 좀 차려라 제발!"

나중에는 동무라는 호칭도 잊은 채 애타게 호소했다. 자꾸 눈물이 나와서 참을 수가 없었다. 눈물을 보이지 않으려고 고개를 돌린 채 위로하고 또 위로했다. 다른 대원들도 이를 악물고 고개를 떨군 채 눈물을 닦고 있었다.

얼마나 울음을 참고 있었을까, 김서형이 마지막 힘을 모아 손을 내미는 것이었다. 얼른 잡아주니 벌써 차갑게 식어가고 있었다. 그녀는 메마른 입술로 온 힘을 모아 말했다.

"부장 동무, 나 잘 싸웠다고 말해주세요. 나 잘 싸웠지요?"

이를 악물고 울음을 참고 있던 대원들이 흐느껴 울기 시작했다. 구연철은 곱고도 작은 그녀의 손을 부여잡은 채 떨리는 목소리로 대답해주었다.

"그래 서형아 정말 잘 싸웠다. 정말 잘 싸웠어. 조국이 너를 기억할 거야…… 서형이를 꼭 기억할 거야……."

얼마나 흐느꼈을까, 김서형의 손은 완전히 식어버렸다. 눈은 반쯤 감긴 채였다. 마저 눈을 감기려 손으로 얼굴을 덮었지만 떼어낼 수가 없었다. 눈두덩 위에 손을 얹은 채 고개를 푹 숙이고 눈물을 흘리고 있으려니 온갖 감정이 밀려왔다.

시대를 잘 타고 났다면 부모님 밑에서 예쁜 교복 입고 학교 다니며 한창 피아노를 배우고 연극이니 영화나 보러 다닐 나이인데, 이 무슨 슬픈 운명인가 싶었다. 그녀뿐만이 아니었다. 산에 들어온 젊은이들 하나하나가 주변에서 흔히 볼 수 없는 사람들이었다. 태생이 선량하고 이타적이다 보니 조국의 불행과 민중의 고통을 두고 보지 못하고 생명을 바치러 들어온 사람들이었다. 하나같이 두뇌도 좋고 대인관계도 좋아서 시대만 잘 타고 났다면 사회를 이끌어갈 사람들이었다. 이 아까운 사람들이 하나씩 하나씩 죽어간다는 것이, 이미 수십 만 명이나 죽어버렸다는 것이 가슴이 터지도록 분했다. 이들의 죽음으로 조국의 미래가 얼마나 오랫동안 어둠에 빠져 있을 것인가를 생각하면 모든 게 허무하게 느껴졌다.

울음소리조차 내지 못한 채 한참이나 숨죽여 흐느끼다 보니다들 힘이 빠져버렸다. 아무도 입을 열지 않은 채 넋을 잃고 침통하게 앉아 있는데 한 대원이 조금 떨어진 곳에 그녀의 묘를 파기 시작했다. 달빛 아래 어둠 속에서 삽도 없이 깊이 파낼 수는 없었다. 다들 힘을 내어 일어나 맨손으로 큰 돌 몇 개를 뽑아내고 시신을 눕힌 다음 다시 돌을 주어와 덮었다. 토벌대는 전과를 증명하기 위해 빨치산의 시신을 들고 가거나 귀를 베어가곤 했기 때문에 주변 땅과 구별되지 않도록 낙엽까지 뿌려놓았다.

밤을 틈 타 무사히 포위망을 뚫고 나오는데 발길이 떨어지지 않았다. 구연철은 몇 번이나 그녀가 누워 있는 산을 뒤돌아보았다. 소지구당에 귀환하고도 며칠 동안 그녀의 죽음만 생각하면 눈물이 나왔다. 다른 대원들도 마찬가지였다. 다들 한동안 우울한 시간을 보내야 했다.

하지만 그 대원들도 얼마 못 가 하나씩 하나씩 죽어갔다. 땅이 얼어 돌멩이조차 들어내지 못한 채 낙엽 밑에 묻혀 흙으로 돌아간 대원도 있었고 토벌대 트럭에 던져져 읍내에 전시되었다가 강변 모래사장에서 기름에 적셔져 불태워진 사람도 있었다. 포탄이나 소이탄에 맞아 산산이 부서지고 불에 타 시신도 수습되지 못한 채 풀과 나무의 거름으로 사라진 사람은 더 많았다. 그해 겨울, 그리고 이듬해 겨울을 거치는 사이 모두 죽어 구연철 단 한 사람만이 살아남았다.

어디서 어떻게 죽었든 남은 동료들은 그가 누구인지 정확히 알지 못했다. 모두들 가명으로 일했고 과거 활동에 대해 묻는 것은 금기였기 때문이다. 같은 동네 출신이다 보니 본명을 알고 있던 경우도 없지 않았으나 수년간 함께 생명을 걸고 싸우면서도 서로의 진짜 이름을 알지 못하는 경우가 많았다.

김서형이라는 예쁜 가명으로 불리던 소녀대원에 대해서도 마찬가지였다. 묘지도 비목도 없이, 이름도 남김없이, 유일한 생존자인 구연철의 가슴에만 영원히 지워지지 않는 기억으로 남았다.

9.

생존

두 해째 계속된 대규모 동계공세로 세력이 급속히 약화되던 상황에서도 남도부 부대는 1952년 겨울부터 이듬해 2월까지 여섯 차례의 기습작전으로 군경 10여 명을 사살하고 트럭 3대를 불태웠다. 소총 50여 정과 실탄 3천 발, 로켓포와 폭약 등 다량의 무기도 노획했다. 예전에 비하면 형편없는 기록이었으나 정규군 사단 병력에 포위된 상황에서 이룬 쉽지 않은 전과였다. 그러나 종말은 빠르게 다가오고 있었다.

1953년 7월 27일, 마침내 3년간의 전쟁이 끝났다. 조선민주주의인민공화국이 정전협정에 서명한 상대는 이승만 정부가 아니라 미국이었다. 남북 사이에는 38선 대신 휴전선이 그어졌고 차가운 증오의 세월이 시작되었다.

휴전협정으로 중부전선의 전투는 끝났다. 그러나 남부지역의 산중 빨치산들에게는 죽음의 시작이었다. 중부전선에서 여유를 얻은 국군 대병력이 아무 제약도 없이 남부지역에 상주하며 대토벌을 벌이기 시작했기 때문이다. 지난 두 해의 동계공세는 그 전초전에 지나지 않았다. 수만 병력이 여름부터 내려와 이듬해까지 이 잡듯 산을 뒤지는 데는 어떤 용맹한 유격대도 견뎌내지 못했다.

군대는 경찰들과는 근본적으로 달랐다. 한 번 산에 올라오면 밤이 되어도, 아무리 추워도 내려갈 줄을 몰랐다. 고지마다 등성이마다 수백 개의 모닥불을 환하게 피워놓고 빨치산의 이동을 차단한 채 그물 치듯 한 곳으로 몰아 몰살시켜버렸다.

휴전이 성립되면서 빨치산에 대한 정책도 바뀌어 손만 들고 나오면 살려주었기 때문에 이탈자도 적지 않았다. 자진해서 이탈하거나 체포된 후 전향한 빨치산들은 거꾸로 국군 옷을 입고 동료들을 잡으러 산으로 올라왔다. 빨치산의 습성과 이동경로, 부대 주둔지를 정확히 알고 있는 그들의 존재는 피할 수 없는 위협이었다.

휴전 두 달 전인 5월 초순에 무전기가 고장 나 중앙당이나 인민군사령부와 연락이 두절되어 있던 제4지구당은 민간 정보를 통해 휴전소식을 접했다.

남도부는 조직적인 하산을 서두르는 한편으로 정규전이 끝났으니 빨치산과 토벌대의 싸움도 휴전하자는 제안이 든 유인물을 제작해 울산과 청도 일대에 뿌렸다. 하지만 이승만 정권은 아무런 응대도 하지 않았고, 토벌대는 그대로 밀고 올라왔다.

남도부는 인명피해를 최대한 줄이기 위해 전투를 자제하고 하산을 서둘렀다. 사실상 저항할 만한 세력도 없었다. 남도부의 7개 군단에 분산 장악되어 있던 신불산 일대 고지들은 이미 주인이 바뀌어 있었다. 1953년 겨울이 닥쳐올 무렵 제4지구당에 남은 인원은 고작 30여 명에 지나지 않았다. 사망자 명단에는 구연철이 존경하던 정치지도원 안철도 들어 있었다.

12명으로 구성되었던 제3소지구당도 이 해 늦가을에는 단 3명만이 살아남았다. 조직부장 구연철과 제주도 출신 임영길, 그리고 연락원까지 세 사람이었다. 연락원은 농민 출신으로 구연철보다 여러 살 많았는데 무학으로 산에 들어와 3년을 지내면서 글도 깨치고 이론학습도 상당한 수준에 이르러 육체적으로나 사상적으로나 뛰어난 전사가 된 사람이었다.

제3소지구당은 줄곧 경주 토함산 방면에서 거점을 옮겨가며 활동하고 있었는데 이 무렵에는 신불산의 지구당 본부와 연락도 두절된 상태였다. 지구당 연락원이 약속 장소로 오다가 토벌대에 사살되었기 때문이었다. 만나기로 한 장소에 재차 소지구당 연락원을 보내보았으나 연결이 될 리 없었다.

누군가 지구당 본부까지 직접 찾아가 연락을 재개해야 했으나 신불산까지 연락원을 혼자 보낼 수는 없었다. 휴전 이전만 해도 웬만한 대원이면 하룻밤에 백리 길도 쉽게 오갈 수 있었으나 온 사방에 매복이 깔린 이제는 성공 가망성이 거의 없었다.

소지구당의 활동은 유격활동을 보장하는 게 목표인데 유격대와 함께 있는 지구당과 연락이 끊겼으니 독자적인 대민공작은 의미가 없었다. 고민 끝에 토론에 들어갔다.

먼저 구연철이 투항은 절대 할 수 없다고 운을 떼자 임영길과 연락원도 강력하게 동의했다. 죽음을 각오하고 최후까지 투쟁하자는 결론이 났다. 그러기 위해서는 지구당 본부와 연락이 닿아야 했다. 지구당 본부와 유격대 사령부는 항상 같이 있으므로 일단 그쪽에만 붙으면 전투를 계속할 수 있으리라는 희망이었다. 세 사람은 함께 제4지구당을 찾아 나서기로 결정했다. 소지구당이 가지고 있던 주요 서류들은 땅을 파서 비장하고 나머지는 소각한 다음 식량과 침구들을 배낭에 구겨 넣고 길을 떠났다.

언제나처럼 밤을 타고 이동하는데 사방에 토벌대가 깔려 있어 예전처럼 속도를 낼 수가 없었다. 경주에서 신불산 초입의 태화강 상류까지 진출하는데 이틀이나 걸렸다.

희미한 달빛 아래 물안개를 피워 올리며 흐르는 강물이 아름다웠다. 그러나 바위와 나무로 뒤덮인 산악과 달리 시야가 널리 확보되는 상변이야말로 토벌대가 매복하기 딱 좋은 곳이었다. 어쩐지 기분이 좋지 않았으나 달리 방법이 없었다. 물도 깊지 않아 맨몸으로 건널 만했다.

세 사람은 만일의 사태에 대비해 제2의 접선장소를 정해놓고 차례로 강을 건너기로 했다. 연락원이 앞장섰다. 연락원은 언제든지 쏠 수 있도록 총구를 앞으로 겨눈 채 먼저 강물로 걸어 들어갔다. 구연철은 이십 미터쯤 뒤에서 사방을 살펴보며 뒤따랐다.

요란한 총성이 울린 것은 연락원이 강 중간쯤 건너갔을 때였다. 강 건너 숲에서 수십 개의 총구가 일제히 불을 뿜는 것과 동시에 앞뒤 사방으로 총탄이 날아와 꽂혔다. 밤하늘로 날아오른 조명탄들이 하늘을 하얗게 밝히고, 강물 위로 날아든 총알들이 하얀 포말을 일으켰다. 연락원이 총에 맞았는가도 미처 확인할 겨를이 없었다. 아직 물에 들어가지 않은 구연철과 임영길은 황급히 몸을 돌려 정신없이 달아나기 시작했다.

총성은 두 사람이 멀리 달아날 때까지도 계속되었다. 숲속에 몸을 숨기고 살펴보니 따라오는 군인은 없었다. 연락원이 걱정되었다. 두 사람은 비상 접선장소로 이동해 한 시간 넘게 기다려보았다. 그러나 연락원은 오지 않았다. 누구보다도 민첩하고 강인한 농민출신 연락원이 오지 않는 것은 분명 문제가 있었다. 그래도 총에 맞는 광경을 보지는 않았기 때문에 희망을 버릴 수 없었다. 다시 한 시간을 더 기다렸으나 끝내 연락원은 오지 않았다. 토벌대의 추적을 피하기 위해 자리를 뜰 수밖에 없었다.

두 사람은 먼 길을 돌아서 다음 날 저녁에야 신불산 영역에 들어갈 수 있었다. 어딘가에 있을 지구당 본부를 찾아다니면서도 두 사람은 연락원이 죽지는 않았으리라 믿었다. 근처 지리를 잘 아는 농민이니 반드시 살아서 어딘가에서 다시 만나리라는 희망을 버리지 않았다.

마음의 고향과도 같은 신불산에 들어왔지만 이곳도 예전처럼 안전한 곳이 못 되었다. 두 사람은 지구당을 찾기 위해 낮에는 숲에 숨어 추위에 떨며 눈을 붙이고 밤이 되면 산등성이를 따라 돌아다녔다. 토벌대는 주요 산등성이를 따라 몇 십 미터 간격으로 커다란 모닥불을 피워놓고 보초를 섰다. 밤이 되면 신불산 전역에 불의 띠가 이어져 거대한 불놀이라도 하는 것처

럼 보였다. 마치 잔존한 극소수 빨치산 따위는 두렵지 않다는
표시 같았다.

두 사람은 촘촘히 밝혀진 토벌대의 모닥불 사이로 몰래 기어
넘어 다니며 본부가 은거하고 있을 만한 곳을 찾아다녔다. 쌀
은 있어도 솥도 없고 불도 피울 수 없는 처지라 밥을 해 먹을 수
도 없었다. 생쌀을 씹고 골짜기 물을 퍼마시며 이리저리 헤매
고 다녔다.

지구당은 좀처럼 드러나지 않았다. 이 산에 올라가면 저 산에
있는 것 같고 이 골짜기에 들어가면 저 골짜기에 있는 것 같았
다. 임영길이 저쪽에 있을 것 같다고 지적하면 구연철은 이쪽
에 있을 것 같았고, 구연철이 저 골짜기에 있을 것 같다면 임영
길은 다른 곳을 가리켰다. 하루는 구연철이 생각한 곳으로 가
보고 하루는 임영길이 생각한 곳으로 가보았지만 계속 허탕이
었다.

깜깜한 밤중에 소리도 낼 수 없는 상황에서 철저히 숨어 있
는 빨치산들을 찾아낸다는 것 자체가 거의 불가능한 일이었
다. 토벌대는 밤새 마음껏 모닥불을 피워놓고 미군에게 공급
받은 고기통조림에 담배를 피우며 떠들어대는데 꽁꽁 언 몸으
로 그 사이를 기어 넘을 때면 서러움까지 밀려왔다. 능선마다
줄지어 모닥불을 피워놓고도 골짜기며 칠부능선에는 따로 매

복을 깔아놓았기 때문에 어디를 가든 안심해서는 안 되었다. 허기와 긴장으로 지친 몸은 앙상한 뼈와 최소한의 근육만 남은 듯했다.

그렇게 5일 밤을 넘기고 6일째 되던 날이었다. 날이 완전히 어두워지지 않았는데 길을 찾기 위해 일찍 내려온 게 잘못이었다. 숨어 있던 숲 바로 아래 계단식 논을 가로지를 때였다. 이른 밤 달빛 아래 임영길이 앞장서고 구연철은 이십 미터쯤 뒤에서 따라가고 있는데 갑자기 요란한 총성과 동시에 사방에 '파곽' 하고 총알이 날아왔다. 임영길이 고꾸라졌다.

구연철은 임영길이 쓰러진 줄도 몰랐다. 재빨리 엎드려 계단식 논을 따라 언덕 아래로 굴렀다. 총을 놓치지 않으려고 가슴에 품고 배낭을 등에 진 채 벼 뿌리만 남은 메마른 겨울 논 위를 구르고 굴러 아래로 내려가는데 군인들의 외침이 들려왔다.

"한 놈 잡았다!"

언덕 아래까지 굴러 내려가 올려다보니 손전등 불빛들이 이리저리 돌아다니는 것이 보이고 잡았다고 웃고 떠드는 소리가 들려왔다. 임영길은 총을 맞고 잡힌 것이 확실했다.

납작 엎드려 맞은편 산 밑으로 기어갔다. 군인들은 임영길을 잡은 것에 만족한 듯 더 이상 찾는 기색이 없었다. 그래도 긴장을 늦추지 않고 산 중턱까지 온 힘을 다해 기어 올라갔다.

달빛이 유난히 환한 밤이었다. 몸을 엄폐시킬 만한 바위가 보였다. 바위 뒤쪽에 기대앉아 숨을 돌리는데 문득 가슴이 뜨뜻했다. 몸을 움직일 때마다 끈적이는 액체가 내는 찌꺽찌꺽 소리도 났다. 흙투성이가 된 데다 여기저기 찢어진 옷을 벗어내고 보니 총알이 가슴을 스친 다음 다시 팔꿈치를 관통한 게 확인되었다. 도망쳐 올 때는 몰랐는데 비로소 가슴과 팔목은 물론 논뚝 아래로 마구 뒹군 온몸이 쇠망치로 두들겨 맞은 듯 아프기 시작했다.

배낭에서 붉은 소독약을 꺼내 상처에 부어 문지른 다음 다이아진이라 불리던 흰 가루를 손바닥에 쏟아 상처에 대고 발랐다. 피는 그래도 계속 조금씩 흘러내렸다. 저절로 지혈되기를 기다리며 바위에 기대 눈을 감고 있으려니 며칠째 굶은 데다 팔과 가슴의 통증으로 머리가 터지도록 아프고 정신이 혼미해졌다. 피를 흘린 탓인지 몸도 몹시 떨렸다. 바위 뒤에 쭈그린 채 몸을 부들부들 떨며 정신을 잃어갔다.

정신이 오락가락하는데 죽어간 동지들이 생각났다. 지난해에도 다리에 총을 맞은 적이 있는데 그때는 동료들 셋이 함께 있었다. 그가 걷지를 못하자 동료들은 숲속에 그를 감춰놓고 아지트까지 가서 약과 붕대며 부목을 가지고 돌아와 치료를 해주었다. 그리고도 양쪽에서 부축을 해서 밤새 산길을 걸어 무사히 귀환할 수 있었다. 동료들이 아니었다면 그때 죽었을지도 몰랐다. 그날 밤 그를 부축해주었던 동료들이 떠올랐다. 이제 다 죽어 사라진 사람들이었다. 그들의 따뜻했던 어깨와 격려의 말소리, 힘들어 헉헉대던 숨소리들이 떠올랐다. 외로움이 엄습해왔다. 임영길은 살았을까? 경상이라면 모르지만 중상을 입었다면 토벌대가 힘들여 끌고 가기 귀찮아 즉결 처형해버렸을 것이었다. 똑똑하고 야무졌던 임영길의 밝은 얼굴이 떠올랐다. 동료들이 그리웠다. 너무나 보고 싶었다. 쓰러져 누운 채 가만히 눈물을 닦았다.

날이 밝아 햇살이 드니 언 몸이 녹으며 조금씩 되살아나는 기분이었으나 가슴과 팔의 상처부위는 전날보다도 더 아파서 움직거릴 때마다 낮은 비명이 절로 나왔다. 바위 뒤 양지바른 곳에 몸을 숨기고 온종일 가만히 앉아 기운을 모았다.

그런데 예감이 이상했다. 어쩐지 맞은편 숲속에 사령부가 있을 것만 같은 기분이 드는 것이었다. 어제 건너가려다가 매복에 걸려 실패한 바로 그 산이었다. 둘이서 닷새나 뒤지고도 찾지 못한 사령부를 바로 눈앞에 두고 있다는 예감은 점점 확신으로 바뀌었다.

종일 물 한 모금 못 마신 채 밤이 되기만을 기다리던 그는 어둠이 완전히 깔리기도 전에 다시 길을 나섰다. 혼자 남아 부상까지 입은 상태로 굶주리다가는 앉은 채로 죽을 것만 같았다. 임영길이 부상을 입고 체포당한, 오늘도 토벌대의 매복이 기다리고 있을지도 모르는 산으로 향했다. 가만히 있어도 죽고 움직여도 죽으니 차라리 싸우다가 죽고 말겠다는 마음이었다. 다리는 후들거리고 왼팔은 쓸 수 없어 오른쪽으로만 무거운 총을 메고 산등성이를 따라 밑은편 산으로 들어갔다.

한 걸음 한 걸음이 쇳덩이를 매단 것처럼 힘든 상태로 산 중턱을 타고 가다 보니 맑은 물이 흐르는 도랑이 나왔다. 주저앉아 몇 모금 물을 마시고 숨을 돌리는데 도랑 주변에 널린 방아풀이 눈에 들어왔다. 추어탕이나 보신탕에 넣는 향기 짙은 약초였다. 주저앉은 채로 방아풀 잎을 몇 장 뜯어 씹고 있는데 가만히 보니 주위의 풀잎 형태가 이상했다. 똑바로 서 있어야 할 풀잎들이 군데군데 옆으로 누워 있었다. 달빛에 의존해 자세히 살펴보니 분명 무언가에 밟혀 쓰러진 자국들이었다. 언뜻 산돼지나 토끼가 지나갔나 하는 생각이 들었다. 기운이 빠져 정신이 몽롱하다 보니 사람 발자국이란 생각보다는 짐승 발자국이라는 생각이 먼저 든 것이다. 언제 쓰러져버릴지 모를 혼미한 정신으로, 무엇에 홀리기라도 한 듯 일어나 풀이 쓰러진 자국을 따라가기 시작했다.

한 오십 미터쯤 올라가니 사람 발자국이 나타났다. 그제야 정신이 들었다. 갈등이 일었다. 발자국의 주인이 빨치산일 수도, 토벌대일 수도 있었다. 토벌대라면 여기서 죽는 것이었다. 아주 짧은 순간, 발자국을 따라갈 것인가 돌아설 것인가 고민했다. 결심은 오래 걸리지 않았다. 이왕에 죽을 거라면 한바탕 싸우다 죽고 말자는 생각밖에 나지 않았다. 한쪽 팔밖에 쓸 수 없는 불편한 자세로 소총을 내려 장탄을 한 다음 옆으로 누워 기어오르기 시작했다.

총은 옆구리에 올리고 손가락을 방아쇠 고리에 건 자세로 몇 십 미터나 올라갔을까, 어둠 속에서 나직한 목소리가 들려왔다.

"누구야? 꼼짝 마!"

들릴 듯 말듯 낮은 음성이었다. 토벌대라면 큰소리로 외치든가 아니면 먼저 총부터 갈겼을 것이었다. 얼른 고개를 들어 보니 낯익은 유격대원 셋이 총을 겨누고 서 있었다.

"동무들!"

목이 메어 더 말이 나오지를 않았다.

"조직부장 동지!"

상대방들도 이내 그를 알아보고 얼른 뛰어와 안아 일으켰다.

"동무들 반갑소……."

구연철은 유격대원들을 끌어안고 엉엉 울기 시작했다. 소리를 듣고 지구당 위원장 이영섭과 남도부까지 뛰어 내려와 차례

생존 177

로 안아주며 다독였지만 눈물은 멈추지를 않았다. 생존해 돌아온 그를 맞이하는 사람들도 마찬가지였다. 다들 눈물을 흘리다 못해 고개를 돌린 채 울고 있었다.

"니 안 죽고 살았구나, 안 죽고 살았구나……."

커다란 체구의 이영섭은 억세게 그를 끌어안고 놓아주지를 않았다. 남노부가 나서서 시돌리 밥부터 챙겨 먹이도록 데리고 올라가야 했다.

사령부에는 아직 음식과 의약품이 남아 있었다. 허기진 배를 채우고 나자 남도부가 간호장교 지춘란에게 치료를 해주도록 지시했다. 지춘란은 그의 상의를 벗기고 소독약으로 말끔히 씻어낸 다음 완벽하게 붕대까지 감아주었다.

한밤에 긴급 보고회의가 열렸다. 살아남은 핵심 간부들이 모인 자리였다. 남도부와 이영섭이 직접 그의 보고를 듣기 위해 앉아 있었다. 두 지도자가 살아 있다는 것이 구연철에게는 얼마나 위로가 되는지 몰랐다.

구연철이 제3소지구당의 유일한 생존자로서 이영섭에게 그동안의 활동을 보고하고 나니 이영섭이 제4지구당과 유격대사령부의 상황과 그동안의 일들에 대해 설명해주었다.

놀랍게도 지구당에서는 그의 움직임을 줄곧 파악하고 있었다. 이름까지는 몰랐어도 빨치산 세 사람이 강을 건너다 매복에 걸려 한 사람이 행방불명되었으며 다시 한 명이 부상당한 채 체포된 사실을 모두 알고 있었다.

연락원은 행방불명된 게 확실했다. 이영섭은 민간의 정보망을 통해 알아보았으나 그날 매복에서 빨치산을 죽였다거나 체포했다는 정보는 없었다고 했다. 투항할 사람도 아니지만 만일 투항하는 경우는 이름까지 정확히 알려지기 마련인데 그 일대에서 자수한 사람도 없다고 했다. 총에 맞은 채 강물에 빠져 하류로 떠내려 가버렸으리라 추측할 수밖에 없었다. 잊을 수 없는 마음 아픈 죽음의 하나였다. 하나같이 안타까운 죽음이었지만 시신을 묻을 수만 있어도 좋았다. 행방불명이 되어버린 동료들은 구연철의 가슴에 영원히 메워지지 않는 구멍으로 남았다.

지구당에서는 매복기습에서 살아남은 구연철과 임영길이 신불산에 들어와 배회하고 있다는 사실도 파악하고 있었다. 여전히 이름과 소속은 알지 못했지만 빨치산 두 사람이 이리저리 헤매고 다닌다는 것, 어제는 바로 본부대 밑에서 매복에 걸려 한 사람이 부상당해 끌려갔다는 것도 당연히 알고 있었다. 이날도 아직 어스름한 무렵에 구연철이 산을 타고 오는 것도 다 보고 있었는데 신원을 확인할 수 없어 지켜보고만 있었던 것이다.

지구당의 상황은 좋지 않았다. 경북 등지에 파견된 대원을 제외하고 본부의 당 요원 중 살아남은 사람은 11명밖에 안 되었다. 남도부 부대 역시 20여 명밖에 남지 않았다. 경북지역의 대원들과는 연락이 두절된 상태였으므로 사실상 30명이 제4지구당의 전부라고 보는 게 옳았다.

생존자 중에서도 간부는 몇 되지 않았다. 지구당 본부에는 선전부장 안병화와 기요과장만이 살아남았고 소지구당 간부 중에는 구연철이 유일한 생존자였다. 유격대 역시 남도부의 참모 두 사람과 부관, 그리고 간호장교 지춘란 정도가 간부급이었다.

야밤의 긴급회의가 끝날 무렵, 이영섭은 제3소지구당에서 단한 명이라도 살아서 돌아온 것만도 큰 성과라고 치하를 한 다음, 그 자리에서 구연철에게 국기훈장 3급을 수여하겠다고 선언했다. 대부분의 빨치산들이 죽거나 투항하는 상황에서 끝까지 살아남아 배신하지 않고 귀환한 데 대한 감사의 뜻이었다.

훈장은 어떤 보상도 바라지 않고 생명을 바쳐 싸우는 산중 빨치산들에게 주어지는 유일한 보답이었다. 지구당 위원장들은 공로에 따라 영웅칭호, 국기훈장, 영예훈장, 군공메달 등 여러 등급의 포상을 하고 그 명단을 이북으로 보내 재가를 받았는데 통신과 내왕이 차단된 이후로는 상신은 어려워졌다. 대신 수여

내역을 보고서에 기록해두고 언젠가 이북의 당 중앙으로 보내기 위해 보관했다.

빨치산은 훈장 수여 명단뿐 아니라 당원명부, 전투보고서 등 중요한 서류들을 보자기에 싸서 바위 틈새나 땅속에 묻어놓고 있었다. 이 비장 작업만큼은 지구당 위원장이나 기요과장 정도만 할 수 있었다. 구연철의 훈장 수여 내역이 적힌 보고서도 이영섭에 의해 어디엔가 묻혔을 것이었다. 각 개인에게는 너무나 소중한 그 서류들이 이후 수십 년이 지나도록 아무도 파낼 사람이 없어 흔적도 없이 썩어버릴 줄은 그때는 아무도 몰랐다.

국기훈장 3급은 높은 급수의 훈장 중 하나였다. 비록 실물 훈장도 증명서도 없이 말로만 수여되는 훈장이지만 구연철에게는 더 없는 영광이었다. 그러나 죽어간 동료들을 생각하니 기쁘다고 마음 놓고 웃을 수도 없었다. 마지막으로 헤어진 임영길이 어떻게 되었을까 걱정되어 잠도 오지를 않았다.

이 무렵, 지리산과 신불산에 남은 마지막 빨치산들에게는 노동당 제111호 결정문이 내려와 있었다. 모두 하산해 지하당을 복구하라는 내용이 그 골자였다. 이에 따라 기존의 5개 지구당은 해체되고 예전과 같이 이남의 행정구역에 따라 6개 도당이 복원되었다. 휴전협정의 성립으로 무장투쟁이 불필요해진 데 따른 결정이었다.

지리산의 경우 111호 결정에 따라 이현상이 지휘하던 제5지구당이 해체되고 경남도당과 전남도당, 전북도당이 복구되었다. 경남도당의 경우 조병하가 위원장으로 선출되었고 김삼홍이 부위원장이 되었다. 하지만 이들 지도부가 1953년 연말을 넘기지 못하고 대부분 전사하면서 3개 도당은 사실상 소멸되어버린다.

신불산의 제4지구당도 해산되어 경북도당 및 경남 동부지구당으로 분리되어야 했다. 하지만 30명 잔존 인원만으로 경북도당과 동부지구당의 직책을 나눠 갖는 것은 의미가 없었다. 일단 간부들이 각자 구역을 맡아 대원을 이끌고 하산한 다음 당을 재건하기로 했다.

지하당 건설은 이미 여러 차례 강조되었음에도 실천하지 못했는데 하산 여건은 이전보다도 더 어려워져 있었다. 많은 대원들이 체포되거나 투항하면서 얼마 남지 않은 생존자의 명단은 경찰에 소상히 파악되어 있었다. 가뜩이나 초라한 행색으로 무작정 내려갔다가는 체포되어 처형당하기 십상이었다. 신분증 위조와 돈이며 의복까지 많은 준비가 필요했다. 그러나 토벌대는 그럴 만한 시간여유를 주지 않고 끊임없이 밀고 올라왔다.

문자 그대로 구사일생으로 생환한 구연철은 동료들로부터

각별한 보호를 받았다. 지구당의 위치는 노출되지 않았어도 겹겹이 포위된 상태라 보급투쟁이 어려운 상황이었음에도 환자인 그를 위해 우선 식사를 제공했고 상처가 곪지 않도록 매일 새로 약을 바르고 붕대를 감아주었다. 간호부장 지춘란과 간호대원의 정성은 특별했다. 한 달 정도 휴식과 치료를 받는 사이 구연철은 완전히 건강을 회복할 수 있었다.

겨울이 오면서 토벌대의 막바지 공세는 더욱 강화되었다. 더 이상 그 자리에 은신할 수 없게 된 동부지구당은 이동을 결정했다. 1953년 12월 중순, 달빛이 어스름한 밤이었다.

밤 여덟 시경 구연철을 포함한 핵심간부들이 이동을 시작했다. 지구당에서는 이영섭 위원장과 기요과장, 유격대에서는 남도부 사령관과 부관 등이 함께했다. 경북지역에 유응재 부대가 있었으나 연락이 두절된 상태로, 사실상 경남지역 최후의 빨치산 지도부였다. 하나같이 지난 수년간 무수히 죽음의 고비를 넘긴 전사들이었다. 그러나 신불산 전역이 토벌대의 주둔지처럼 변해버린 상황이었다.

아니나 다를까, 개천을 만나 주위를 살피며 차례로 건너려는데 건너편에서 갑자기 수십 개의 불똥이 튀는 동시에 사방에 총탄이 날아와 꽂히기 시작했다. 요란한 총성이 밤하늘을 울렸다.

"퇴각!"

남도부의 다급한 명령에 따라 마구 응사하며 황급히 돌아서
는데 지구당 위원장 이영섭이 풀썩 쓰러졌다. 하필이면 소녀대
원 김서형이 당한 것처럼 복부관통상이었다.

지구당 기요과장과 남도부의 부관이 거구의 이영섭을 양쪽
으로 부축해 안진한 산중턱까지 끌어다 눕혀놓고 치료를 하려
했으나 복부관통상은 치료가 불가능했다. 간호장교 지춘란과
간호대원이 어떻게든 살려보려고 옷을 찢어내고 소독약을 바
르고 지혈을 시도했지만 아무 소용없었다. 다들 침통하게 둘러
앉아 숨지는 것을 지켜볼 수밖에 없었다.

남도부와 이영섭은 각별한 사이였다. 이영섭이 1950년 말에
이북에서 내려온 후로 거의 하루도 떨어지지 않고 생사고락을
함께한 사이였다. 남도부는 입술을 깨물고 눈을 지그시 감은
채 숨이 끊어질 때까지 그의 손을 놓지 않았다.

구연철에게도 이영섭은 각별한 사람이었다. 2년 반이 넘게
직속상관으로 모시고 있었을 뿐 아니라, 커다란 체구에 호방하
고도 따뜻한 성품으로 나이 어린 그를 아껴주고 믿어준 사람이
었다. 한 달 전 그가 무사히 생환했을 때 그 커다란 체구로 숨도
못 쉬게 꽉 끌어안고 좋아하던 모습을 잊을 수가 없었다.

이영섭은 몇 시간 만에 숨을 거두었다. 남도부 대원들은 밤잠

을 안 자고 최대한 깊이 땅을 파고 돌을 들어내 그를 매장했다. 구연철은 언젠가는 그의 묘를 찾아 제대로 된 장례식을 치를 수 있도록 지형지물을 머릿속 깊이 새겨두었다. 산 아래 작은 마을의 이름과 주변의 지형까지 외우고 또 외웠다.

하지만 수십 년이 지나 다시 찾은 그곳에서는 기억해두었던 단서들 어느 것도 적용할 수가 없었다. 도로를 내느라 사방이 파헤쳐져 지형 자체가 바뀐 데다 옛 마을은 사라지고 논밭이며 산기슭까지 온통 집이 들어차 어디가 어딘지 구별조차 할 수가 없었다. 생존한 다른 빨치산 출신들과 함께 몇 차례나 다시 가서 찾아보았으나 끝내 이영섭을 매장한 곳이 어디인가조차 알 수 없었다.

이영섭의 죽음으로 남은 인원을 남도부가 이끌게 되었다. 남도부는 신불산을 떠나 대구 팔공산으로 거점을 옮겼다가 1954년 1월 초에 직계 부하들과 함께 대구시내로 잠입했다. 이영섭이 전사한 지 한 달 만이었다. 홍만식, 유응재, 지춘란 등과 함께 경북도당을 재건하려던 남도부는 그러나 먼저 체포되어 전향한 부하의 제보로 체포되고 말았다. 1월 21일의 일이었다.

구연철은 남도부가 체포되고 3개월 후인 1954년 4월 부산으로 잠입했다가 역시 체포되었다. 생존한 당 요원 일곱 명이 부산시당을 재건하기로 결의하고 내려갔다가 네 명이 체포된 것이다. 그가 체포된 과정은 어처구니가 없었다.

대원들은 일단 부산시내에 방 한 칸을 얻어 아지트로 삼고 오가면서 신분 위장에 들어갔다. 정보원을 통해 미리 입수해놓았던 도민증을 각자 나이가 비슷한 사람 것으로 나눈 다음 사진을 바꿔 붙이기로 했다. 구연철은 대학생으로 위장하기로 하고 학생복까지 사놓고 마땅한 도민증을 골랐다.

도민증 사진을 바꿔 붙이는 일이 가장 먼저였다. 구연철은 대학생복으로 갈아입고 만일을 위해 학생복 안주머니에 권총을 챙겨 넣은 다음 혼자 부산 시내로 들어갔다. 밤 9시경이었다.

마침 불이 켜진 사진관이 있었다. 주변을 제대로 살필 마음의 여유도 없이 서둘러 문을 열고 들어갔다. 증명사진을 찍자고 하니 사진사는 아무 의심 없이 의자에 앉혀놓고 머리를 빗어주고 옷매무새를 만져주었다. 그런데 안주머니의 권총에 손이 닿자 흠칫 놀라는 것이었다. 주름을 펴주려 손바닥으로 쓸어내리는데 묵직한 쇠뭉치가 닿으니 놀랄 만도 했다. 아차 싶었다. 여차하면 총으로 위협하고 달아나야 할 판이었다. 그러나 사진사는 대학생이 권총을 품었으리라고는 상상 못한 듯 무심히 사진을 찍고 며칠 후에 찾으러 오라고 했다.

일주일 후, 사진을 찾으러 사진관으로 가던 구연철은 깜짝 놀랐다. 사진 찍는 날은 서둘러 빠져나오느라 몰랐는데, 사진관 바로 건너편이 경남도경이었던 것이다. 잔존 빨치산의 이름과 얼굴까지 소상히 알려진 상황에서 경찰본부 바로 앞의 사진관에서 사진을 찍었다니 어처구니가 없었다. 그렇다고 무작정 도망칠 수도 없었다. 서둘러 사진관으로 갔다.

그런데 사진관 앞에 가서는 더 크게 놀라고 말았다. 전등이 환히 켜진 사진관 진열장에 대학생복을 입은 자신의 얼굴이 실물보다 더 크게 확대되어 한가운데 걸려 있는 것이었다. 얼굴이 작고 이목구비가 뚜렷한 구연철은 유달리 사진이 잘 받았다. 사진사가 잘 나온 사진이라고 확대해 걸어놓은 것이었다. 구연철이 보기에도 퍽 잘 나온 사진이었다. 소름이 오싹 끼쳤다. 얼른 문을 열고 들어가 사진사에게 다그쳤다.

"아저씨예, 남의 사진을 이래 맘대로 걸어놓으면 우짭니까? 본인 허락도 없이. 당장 떼내이소."

사진사는 얼핏 놀라는 기색이었으나 이내 선선히 대답했다.

"아이고 죄송합니더. 곧 떼겠습니다. 잠깐만 기다리실랍니꺼? 우선 사진부터 찾고예."

순순히 응하니 더 이상 따질 수가 없었다. 사진사는 무언가 다른 사진을 찾는 듯 이리저리 뒤지더니 안으로 들어갔다. 구연철은 사진을 찾는가 보다 생각하고 별 의심 없이 서성이며 기다리고 있었다.

몇 분이나 지났을까, 체격이 딱 벌어진 두 사내가 사진관 문을 열고 쑥 들어왔다. 한 명은 군복을 입었는데 둘 다 눈매가 매서웠다. 찬바람이 확 이는 기분이었다. 그럼에도 경찰이 오리라고는 예상치 못했기 때문에 무심코 손님인가 보다 생각하는 순간, 둘이 와락 달려드는 것이었다.

"구언철! 잡았나, 이 새끼!"

사내들은 재빨리 그의 양손을 잡아 뒤로 꺾는 동시에 등 뒤에서 허리띠를 올려 잡아 꼼짝 못하게 했다. 미처 품 안의 권총을 꺼낼 여유도 없었다. 잇달아 두어 명이 더 밀고 들어오더니 수갑을 채우고 권총을 빼앗아 갔다.

"놔라! 이 더러운 미제의 앞잡이들아!"

작고 메마른 몸을 버둥대며 고함쳤지만 아무 소용이 없었다. 사진이 너무 잘 나오자 사진사가 자랑삼아 크게 확대해 진열장에 걸었는데 출퇴근 하던 사찰계 형사들이 이를 본 것이었다. 형사들은 이 자가 찾으러 오면 즉시 전화하라고 지시해놓았다. 사진사가 사진을 찾는 척하고 안으로 들어갔을 때 의심을 해봐야만 했지만 후회는 언제해도 소용없었다.

차에 탈 것도 없이, 의기양양한 형사들에게 둘러싸여 경남도경 안으로 끌려가는데 기가 막혔다. 입산 이래 4년 동안 온갖 위험한 고비를 다 넘겼던 자신이 이토록 어처구니없이 잡히다니 맥이 다 빠졌다.

산에 있을 때, 언젠가 체포될 상황이 오면 어떻게 처신할 것인가 생각해보곤 했다. 차라리 싸우다 죽으면 좋지만 총상만 입고 체포될 경우의 치욕은 견딜 수 없을 것 같았다. 그럴 경우 최선의 선택은 자살이라고 생각했다.

휴전 이후 고위 당 간부들이 체포를 거부하고 권총으로 자살하는 일이 잇따르고 있었다. 전남도당 위원장 박영발, 전북도당 위원장 방준표를 비롯해 김선우, 오금일 등 이름난 빨치산 지도자들이 토벌대에 포위되자 투항을 거부하고 자살로 생을 마감했다. 경남도당 위원장 조병하는 자살을 시도했으나 부상당한 채 체포되어 총살당했다. 체포되고도 끝까지 전향을 거부한 남도부도 1955년 8월 서울 외곽 수색에서 총살당했다. 사실상 남부지역 모든 도당위원장들이 자살을 택한 셈이었다.

남도부에게 사형을 언도한 재판부는 남도부 부대를 중심으로 한 경상남북도 빨치산이 '각종 무기 800정과 실탄 20만 발 약탈했으며 군용열차 28회 전복, 군경자동차 670대를 소각했다'고 발표했다.

재판부는 덧붙여 남도부 부대가 2,800명의 군경 및 양민을 학살하고 민가 700호를 소각했다고 발표했는데 이 부분은 완전히 날조된 허위선전이었다. 교전과정에서 다수의 군경과 미군을 살상한 것은 사실이지만 민간인에게 피해를 준 일은 거의 없었다. 빨치산을 보고도 신고를 안 했다거나 빨치산을 도와주었다고 주민을 학살한 것은 토벌대였고, 빨치산의 근거지가 될 수 있다는 이유로 산간부락을 소각시킨 것도 토벌대였다.

제4지구당과 남도부 유격대의 주된 임무는 임시수도 부산 및 군사령부가 위치했던 대구시를 교란하고 전선과 후방을 연결하는 보급로를 차단하는 일이었지, 민간인 주거지를 점령하거나 소각하는 일이 아니었다. 가장 많았던 작전은 4~5명의 소수 무장대가 수시로 부산시내에 침투해 미군의 보급품 적치장이 있던 매축리 제5보급창과 부산철도기지창 등을 기습 교란하는 것이었다. 부산이나 대구시내에 야간 침투해 시내 한복판에서 일제사격을 하고 퇴각하면 그날 밤은 총성과 사이렌 소리로 온통 야단법석이었다. 보급로 공격도 매우 성공적이어서 동해남부선 열차와 도로는 1950년 말부터 정전 때까지 야간운행이 거의 차단된 상태였다.

이승만 정부는 체포한 남도부를 전향시켜 유격전 전술개발에 이용하려고 애썼던 것으로 알려졌다. 남도부가 완강히 회유를 거부하며 자신을 포로로 대우해 북송할 것을 요구하자 그를 정치적으로 고립시키기 위해 '남도부가 전향해 북한을 맹비난하는 대북방송을 했다', '군용 헬리콥터를 타고 산악지대를 돌며 빨치산들에게 귀순을 권고했다'는 등의 거짓 정보를 퍼트리기도 했다. 육군참모총장 정일권이 회유를 위해 찾아와 술을 마시는 사진을 찍어 산악지대에 뿌리기까지 했다. 70년대 초기의 라디오 반공드라마에는 이런 거짓 홍보를 바탕으로 남도부가 전향해 반북활동을 했다는 그럴 듯한 내용이 방송되기도 했다. 워낙 심한 허위보도에 함께 싸웠던 동료들조차 남도부가 전향했다고 믿기까지 했다.

그러나 실제 모든 수사기록과 재판기록에는 남도부가 끝까지 자신을 포로로 대우할 것과 명예롭게 처형시켜 달라고 요구하는 내용밖에 없었다. 끝까지 이승만의 회유를 거부한 그는 결국 34세의 나이로 처형당한다.

처형 현장에 있었던 군인들은 그가 총살집행 직전 '인민공화국만세!'를 외쳤다고 증언했다. 그러나 라디오 반공드라마는 '대한민국만세!'를 외친 것으로 묘사해 죽은 후에도 그를 모욕한다. 이 드라마를 썼던 방송작가는 이십여 년이 지나 언론의 자유가 확보된 후에야 처형 부분을 비롯한 대부분의 내용이 상부지시에 의한 조작이었음을 밝힌다.

남도부와 함께 재판을 받았던 간호장교 지춘란 역시 끝까지 협조를 거부한 채 사형을 언도받았다가 감형되어 꼬박 20년의 옥살이를 했다. 함께 체포되어 사형을 언도받았던 다른 부하들도 모두 감형되어 20여 년의 감옥살이 끝에 풀려났다.

구연철은 조선노동당 당원인 자신에게 오류가 있다면 죽지 않고 살아남은 것이라고 생각하게 되었다. 그 안타까운 무수한 동지들의 죽음을 뒤로 한 채 자신만 살아남은 것이 그의 생애 가장 큰 오류라고 생각하게 되었다. 싸우다가 죽지 못했으면 자살이라도 했어야 하는데 부수의로 생포된 것이 씻지 못할 오류라는 자책감이 평생의 짐이 되었다.

10.

사
랑
의
밤

사람은 어떠한 최악의 조건에서도 희망을 품기 마련이다. 남들이 망상이라고 비웃을지라도 당사자는 이 고통을 해결할 그 무언가가 있다고 믿기 마련이다.

구연철은 체포되어 재판을 받으면서도 머지않아 석방되리라는 희망을 버리지 않았다. 정전협정이 되었으니 곧 미군이 철수할 것이고 그러면 남북관계도 좋아져 통일이 될 것이라는 믿음이었다. 부산시당 사건으로 제각기 체포된 다른 다섯 사람도 마찬가지였다. 사형만 당하지 않는다면, 살아만 있으면 머지않아 석방되리라는 희망이었다.

부산시당 재건사건은 신문에도 여러 차례 보도될 만큼 이목을 끌었다. 그런 만큼 형량도 셌다. 1심 재판부는 공범으로 체포한 다섯 명 중 백설암 등 두 사람에게는 사형을, 구연철과 장두천에게는 무기징역을 선고했다.

체포된 대원 중에는 제일 직급이 높았던 구연철이 무기징역을 받은 것은 빨치산 활동을 했어도 한 명도 사람은 죽이지 않았다고 끝까지 주장한 덕분이었다. 실제 사실이기도 했다.

사형을 받은 두 사람은 고등법원에 상고했으나 구연철과 장두천은 상고를 포기했다. 무기징역이면 당장 처형될 일은 없으니 통일되기를 기다리자는 생각이었다. 자기들이 항소를 포기하면 부담을 던 2심 재판부가 사형수 두 사람을 무기징역으로 줄여줄지도 모른다는 희망도 있었다. 사형을 받은 두 사람은 항소해 대구형무소로 이감되고 항소를 포기한 두 사람은 부산형무소에 남았다.

부산형무소에는 상당한 숫자의 사상범이 수감되어 있었는데 대개 일찍 잡혔거나 지하당 활동으로 잡힌 사람들이라 형량이 별로 높지 않았다. 일반수든 사상범이든 형량이 적은 사람들은 형무소 안에 있는 공장에 노역을 나갈 수 있었다. 피혁공장, 양재공장, 목공소 등 여러 공장에 나가 일을 하면 시간도 빨리 가고 밥도 많이 먹을 수가 있었다.

죄수들은 감옥의 밥을 가다밥이라 불렀다. 가다는 일본말로,

국자처럼 생긴 데다 손잡이가 달려 있어 밥을 눌러 담은 후 손잡이를 누르면 밥덩이가 툭 떨어지는 형틀이었다. 가다의 크기에 따라 밥의 크기가 달랐는데 제일 큰 2등식에서 제일 작은 5등식까지 있었다. 노역 중에서도 똥통 운반같이 힘든 일을 하면 2등 밥을 주고 청소처럼 쉬운 일을 하면 3등식을 주었다. 일을 못 나가고 방에만 갇혀 있는 사람은 5등 밥을 주었다.

독방에 갇혀 일체 외부출입이 금지된 구연철 같은 장기수에게는 당연히 가장 작은 5등 밥이 나왔다. 그나마도 휴전 직후에는 쌀이라곤 전혀 없이 밀만 쪄서 나왔는데 얼마 후부터 밀에다가 쌀과 콩을 조금 넣어 나왔다.

한참 먹을 이십대 청년이 소녀 주먹만 한 5등 밥 세 덩어리에 멀건 소금국으로 하루를 보내기란 쉽지 않았다. 처음에는 하루 종일 배가 고파서 먹을 것밖에 생각나지 않았다. 게다가 제대로 도정도 되지 않은 통밀을 먹으니 소화가 되지 않아 대변으로 밀알들이 그대로 쏟아져 나왔다. 소화를 위해서라도 마냥 오래오래 씹어야 했다. 밀밥이 들어오면 한 시간이고 두 시간이고 마냥 천천히 씹어 먹는 습관을 들여갔다. 적게 먹고 오래 씹으니 건강까지 좋아지는 느낌이었다.

한 일 년이 지나니 독방에도 4등식이 배급되었는데 형무소 관리들이 쌀을 도둑질해 밥을 조금씩만 찍기 때문에 실제 크기는 5등식과 별 차이가 없었다. 적게 먹는 데 습관을 들인 구연철은 나오는 대로 5등식만큼만 먹었다. 어쩌다 크게 찍어져 나오는 날도 평소만큼만 먹고 남은 밥은 버렸다. 배가 고파도 참았다. 집에서는 물론 아무도 면회를 오지 않아 영치금이 한 푼도 없는 처지였다. 위장을 줄이는 것이 가난한 감옥살이를 버티는 길이기도 했다.

구연철이 산에 올라갔다는 사실이 알려지면서 가족들은 말로 다 못할 수모를 받았다. 주변에 빨치산이 출몰하기만 하면 아버지를 끌고 가 며칠간 경찰서에 잡아넣고 두들겨 패기 일쑤였다. 혹시 구연철로부터 무슨 연락이라도 있을까 정보를 캐느라 사찰계 형사들이 집에 와서 살다시피 했다.

기계가 없던 시절이라 모내기든 밭일이든 마을 사람들이 돌아가며 품앗이를 해야 농사를 지을 수 있었는데 빨갱이의 집이라고 품앗이에도 끼워주지 않아 얼마 안 되는 농사조차 제대로 지을 수가 없었다. 할머니가 돌아가시거나 집안에 어려움이 생겨도 누구 하나 거들떠보지도 않았다. 결국 구연철의 가족은 쫓겨나다시피 마을을 떠나야만 했다.

부산에 들어온 가족은 거의 거지나 다름없이 살아야 했다. 조선방직 뒤의 빈민가 판잣집을 전전하면서 어린 동생들까지 날품팔이와 식모살이, 구두닦이까지 안 해본 고생이 없었다. 사정이 이러니 동생들은 학교조차 제대로 다닐 수 없었다. 학비도 없고 학교에 가도 빨갱이의 동생이라고 모멸하고 괴롭혔다. 특히 부산은 이북에서 내려온 반공 피난민들이 많은 곳이라 공산당에 대한 증오심이 유달랐다. 동생들은 초등학교만 겨우 마치고 아무도 중학교를 가지 못했다.

조선노동당이 존재할 뿐 남로당은 사라진 지 오래인데도 경찰이 멋대로 갖다 붙인 남로당 부산시당 재건사건이라는 제목으로 구연철의 얼굴까지 몇 번이나 신문에 보도되었으나 가난해 신문 구경도 못한 가족들은 재판이 있다는 사실조차 몰랐다. 구연철이 감옥살이를 하는 긴 세월 동안 가족 면회는 한 번도 이뤄지지 않았다. 설사 연락이 닿았다 하더라도 면회를 올 사정도 못 되었고 수도 없이 이사를 다녀 편지왕래도 쉽지 않았을 것이었다.

같은 사상범이라도 부유한 집안 출신들은 영치금도 받고 가족들이 관계자들에게 돈을 풀어 감형이 되는 수도 있었지만 구연철은 어떤 혜택도 받을 수 없었다. 그렇다고 해서 자기를 찾지 않는 가족을 원망하는 마음은 추호도 없었다. 좌익사범들의 가족이 얼마나 고통을 받는가를 잘 알고 있던 그는 자기 때문에 고생하실 부모님과 동생들을 생각하면 항상 마음이 아프고 미안할 뿐이었다.

구연철의 어려운 처지를 도와준 동료 중에는 김수룡이 있었다. 구연철보다 여섯 살 많은 이였는데 부인이 부산 국제시장에서 장사를 해 생활이 넉넉했다. 당시 감방에는 사식은 허용되지 않는 대신 세면도구나 의약품은 반입이 되었다. 김수룡은 부인에게 부탁해 비타민을 넉넉히 받아 구연철을 비롯한 동료들에게 나눠주곤 했다.

미군이 철수하면 통일이 되어 석방되리라던 구연철의 희망은 이뤄지지 않았다. 미군은 철수하지 않았을 뿐 아니라 휴전이 된 후에도 이남 군대의 지휘권을 그대로 유지했다. 형식적인 국권은 대한민국에 있었으나 국방, 외교, 통상 등 핵심 분야에 대한 미국의 영향력은 절대적이었다. 마치 공식적으로 식민지가 되기 직전, 조선의 국방과 외교권을 일본이 장악하고 있던 것과 비슷한 상황이었다.

변화는 이남 국민 내부에서 일어났다. 해방 직후에는 오로지 권력을 잡기 위해 좌우파의 지도자들을 암살하고 전쟁 중에는 수십만 명에 이르는 좌익을 학살한 이승만은 전쟁이 끝난 후에도 경제발전에는 아무 관심도 없이 오로지 권력 유지에만 전력했다.

이승만은 좌익 학살에 앞장섰던 극우청년단을 동원해 야당을 탄압하고 온갖 부정선거를 했음에도 자기에게 불리한 투표

결과가 나오자 이를 제멋대로 고쳐버렸다. 자유당 치하의 자유란 돈과 권력을 쥔 자들만의 자유를 의미했다.

결국 1960년 4월 전국적인 학생시위가 일어났고 이승만은 늙고 추한 몸을 이끌고 미국 땅 하와이로 도망치지 않을 수 없었다. 140명이 넘는 학생들의 피로 이뤄진 4·19혁명이었다. 구연철이 수감된 지 7년째 되던 해였다.

예기치 못한 4·19혁명으로 갑자기 정권을 잡은 민주당은 나름대로 다양한 민주주의 정책을 폈다. 집회와 시위가 자유로워지고 언론 출판물의 홍수가 났다. 노동운동도 되살아나기 시작했다. 민주당의 민주란 계급적 불평등을 인정한 위에 이뤄지는 불완전한 민주주의였으나 그나마 이남에서는 진보적인 역할을 했다.

사상범들에 대한 유화정책도 그중 하나였다. 전국의 감옥에 갇혀 있던 많은 사상범들이 석방되거나 대폭 감형되었다. 이 과정에서 전향을 권유하거나 반성문을 요구하기도 했으나 강압적이기보다는 형식적이었다. 사형을 받았으나 형 집행이 연기되어 살아 있던 백설암 등은 무기로 감형되었고 무기수였던 구연철과 장두천은 20년으로 감형되었다.

집단 석방으로 부산형무소에는 60여 명의 사상범만 남게 되었다. 대신 절도니 강도 같은 잡범들이 엄청 쏟아져 들어왔다.

법무부는 이들을 수용하기 위해 그동안 독방에 수감되었던 사상범들을 합방시켰다. 부산형무소는 남자 죄수들을 큰 건물 하나에 수용했는데 복도별로 1사, 2사 식으로 불렀다. 사상범들은 제4사에 집단 수용되어 방 한 칸에 다섯 명씩 살아야 했다.

혼자 누워도 폐쇄공포증이 느껴지는 작은 방에 다섯 명씩 구겨 넣으니 불편하기 이를 데 없었다. 규정된 방 크기는 0.75평이었는데 좁은 쪽은 양손을 펼치면 다 안 펴질 정도이고 긴 쪽은 한 사람이 누우면 변기통을 놓을 공간이 겨우 나왔다. 그래도 어제의 동료들끼리 모여 살게 되니 좋았다.

정권이 바뀌면서 죄수들에 대한 처우도 조금은 개선되었다. 밥에 통밀 대신 보리쌀을 넣고 쌀과 콩도 조금 섞여 나왔다. 5등식에서 4등식으로 크기도 늘었다. 하지만 현장 공무원들은 정권교체와 무관했다. 간수들의 도둑질로 실제 밥의 양은 5등밥과 다르지 않았다. 구연철은 작은 체구에 소식이 습관화되었으나 체격이 큰 다른 동료들이며 일반수들은 허기에 시달렸다.

운동시간에 대한 불만도 많았다. 교정법에는 하루에 15분씩 운동시키도록 되어 있었으나 퇴근하는 간수들이 운동을 맡다 보니 얼른 집에 가려는 마음에 죄수들이 운동장에 들어가자마자 호각을 불며 '입방!'을 외쳐댔다. 시간을 준다 해도 이삼십 명이 서면 꽉 찰 만한 좁은 공간에서 비비적거리다 끝날 판인데 복도를 오가다가 끝나버리니 일반수들까지 다들 불만이었다.

사상범들은 성경책 이외에는 어떤 책도 반입이 안 되는 점도 불만이었다. 일제강점기에도 서적반입의 자유가 있어서 사상범이 석방될 때면 책이 손수레로 하나였다는 이야기들이 전해지는데 믿지도 않는 기독교 성경만 읽으라고 하니 불만이 나오지 않을 수가 없었다.

이승만 탄핵은 구연철이나 동료들이 살아생전에 최초로 겪은 민중의 승리였다. 아니, 4천년 역사를 통틀어보아도 찾을 수 없는, 민중의 힘으로 권력을 내쫓은 최초의 사건이었다. 지난 십여 년간 악마처럼 미워하던 독재자 이승만을 쫓아냈다는 사실만으로도 다들 사기가 올랐다. 패배의식에 빠져 있던 동료들은 이제 다시 싸울 수 있겠다는 용기를 얻었다.

사상범들이 할 수 있는 일은 형무소 관리자들의 부당한 처우와 맞서는 것이었다. 최소한 법에 나온 만큼이라도 대우해달라는 요구였다. 밥을 정량대로 주고 책을 넣어주고 운동시간도 법에 따라 지켜달라는 요구였다.

투쟁을 조직한 것은 경남도당 부위원장 김병인, 충남도당 선전부장 노상겸, 고려대 교수 신현철이었다. 김병인은 따뜻하고 부드러운 성품을 가져 누구나 좋아했으나 원칙에서는 대단히 철저한 사람이었다. 세 사람은 요구사항을 걸고 단식투쟁을 하기로 의견을 모았다.

시작을 알리는 일은 굳이 비밀스러울 것도 없었다. 운동장에서 서로 만나거나 복도에서 '내일부터 단식이다!' 하고 소리쳐댐으로써 다음 날부터 바로 단식이 시작되었다.

사상범 60여 명이 일제히 단식에 들어가자 이런 일은 처음 겪는 간수들은 당황해서 어떻게 대응해야 할지를 몰랐다. 이에 훗날 보안과로 바뀌는 계호과장이 직접 나섰다. 평소에도 악질로 악명 높은 자였다. 주동자를 알 수 없던 계호과장은 아무나 몇 명을 잡아 표본으로 삼아 반쯤 죽여놓으려고 했다.

단식 사흘째 되던 날, 구연철과 신현칠 등이 수감되어 있던 3방의 방문이 벌컥 열리더니 간수들이 와당탕 쏟아져 들어왔다. 계호과장은 맨 앞에 앉은 구연철을 딱 지목해 끌어내라고 명령했다.

간수들이 우르르 달려들었고 동시에 감방동료들도 그를 뺏기지 않으려고 달려들었다. 가뜩이나 왜소한 몸매에 사흘을 굶어 힘이 쭉 빠져 있던 구연철은 양쪽에서 팔다리며 허리를 잡아당기는 간수와 동료들 사이에서 숨도 쉴 수가 없었다.

사흘 굶은 사람들이 건장한 간수들을 이길 수는 없었다. 구연철은 기어이 복도로 질질 끌려 나갔다.

"식사 정량 지켜라! 운동시간 지켜라!"

일으켜 세우려는 간수들을 뿌리치고 걷어차며 드러누운 채 고래고래 소리를 질러댔다. 방마다 동료들이 창틀에 얼굴을 대고 고함을 지르고 문짝을 걷어차고 난리가 났다. 질질 끌고 가던 간수들은 안 되겠는지 댓 명이 달라붙어 그를 번쩍 들고 계호과로 향했다.

계호과의 시멘트 바닥에 그를 내동댕이친 간수들은 팔다리를 칭칭 묶기 시작했다. 간수 하나는 긴 몽둥이를 들고 들어왔다. 4사 쪽에서 동료들의 함성이 들려왔다.

"와!"

"사람 내놔라!"

사흘을 굶은 사람들이 어디서 그리 힘이 남았는지 엄청난 고함소리들이 계속되었다. 부산형무소는 부산시내 한복판인 동대신동에 있어 큰 소리가 나면 담장 밖에서도 다 들렸다. 워낙 소란이 크니까 간수들도 막상 묶어놓기는 했어도 때리고 덤벼들지를 못했다.

구연철도 동료들의 고함소리에 힘이 나서 하나도 두렵지 않았다. 동료들이 들을 수 있도록 온 힘을 다해 소리쳐댔다.

"이놈들이 사람 죽인다! 간수들이 사람 잡는다!"

간수가 몽둥이로 바닥을 두드리며 입 다물라고 겁을 줬지만 동료들이 지켜보는 가운데 맞아 죽으면 차라리 영광이라는 생각까지 들었다. 쓰러진 그를 둘러싸고 서서 당장이라도 짓밟을 듯 씩씩대는 간수들에게 소리쳤다.

"그래, 죽여뻬라! 내 사년 동안 산속에서 수십 번도 죽다 살아난 사람이다. 죽는 게 두려우면 여기까지 오지도 않았다. 죽여 봐! 죽여 보란 말이다!"

안팎에서 워낙 거세게 항거하자 간수들이 우왕좌왕하고 있을 때였다. 간수 하나가 문을 열고 뛰어 들어오더니 뭐라고 귀엣말을 했다. 그러자 간수들이 서둘러 묶었던 포승을 풀어버리고 일으켜 세워 방으로 데려가는 것이었다.

한바탕 소란에도 불구하고 한 대도 맞지 않고 방으로 돌아갈 수 있었다. 그가 무사히 활짝 웃는 얼굴로 돌아오자 4동에서는 박수와 환호소리가 터져 나왔다.

알고 보니 서울에서 내려온 법무부 감찰관이 형무소장을 만나던 중이었다. 소장실에까지 함성소리가 들려오자 감찰관이 왜 이리 시끄러운가 물었고 소장이 조용히 시키겠다며 구연철을 돌려보내도록 한 것이었다.

아무래도 민주당 정권이다 보니 감찰관은 사상범들이 왜 항의를 하는가에 관심을 가져주었고, 덕분에 형무소장과 협상이 열리게 되었다. 지도부는 대표만 만나자는 소장의 요구를 거부하고 사상범 60명 전원이 함께 참석하기로 했다.

형무소 강당에 마련된 협상장에 간부급 간수들과 사상범 60명이 마주앉았다. 사상범 쪽에서는 주로 김병인이 발언하고 형무소 쪽에서는 사안에 따라 과장들이 대응했는데 대화 내용은 모두가 들을 수 있었다. 과장들이 말도 안 되는 변명을 하면 여기저기서 항의가 빗발쳤다.

김병인은 교정법까지 바꿀 수는 없더라도 법에 나온 만큼이라도 지키라며 서적반입, 운동시간 등 조목조목 요구사항을 내놓았다. 법무부 감찰관이 보증하는 가운데 다른 조건들은 쉽게 타결되었다. 운동시간은 30분을 보장하기로 했고 서적은 제목에 정치라는 단어만 안 들어가면 허용하기로 서로 양보했다. 문제는 밥이었다. 취사를 담당하는 용도과장이 4등식은 본래 그 양밖에 안 된다고 버텼기 때문이었다.

이 문제 때문에 첫날 협상은 결렬되고 이튿날 협상에서 재소자 측의 감독 아래 밥을 지어보기로 합의가 되었다. 감독 기간은 이틀로, 매번 밥을 지을 때마다 쌀 무게를 재고 밥을 하여 형틀로 찍는 것까지 전 과정에 재소자 측은 물론 법무부 감찰관까지 직접 입회하기로 했다. 밥의 정량 문제는 일반수들도 널리 소식을 알고 있어 대단히 중요했다.

다음 날, 형무소 취사장에서 형무소장과 감찰관이 지켜보는 앞에서 밥을 짓게 되었다. 취사장에 사상범 60명이 다 들어갈 수는 없어 구연철을 포함해 열 명만 입회했다.

죄수가 3천 명이나 되기 때문에 밥의 양이 엄청났다. 죄수의 숫자와 정량에 맞춰 20킬로그램들이 쌀 포대를 풀어 밥을 짓는 것을 일일이 감독했다. 그런데 이상했다. 분명 포대 숫자를 정확히 맞춰서 밥을 했는데, 형틀로 찍어 보니 평소에 나오는 크기밖에 만들 수가 없었다. 도저히 이해할 수 없는 현상이었다. 저녁 한 끼니를 똑같은 방법으로 더 해봤지만 마찬가지였다.

도저히 이해할 수 없는 현상에 다들 의아한 얼굴로 감방으로 돌아가는데 일반수들이 창문으로 내다보며 어떻게 된 거냐고 소리쳐댔다. 밥이 똑같이 나왔다고, 어떻게 밥을 했기에 똑같으냐고 난리였다. 그렇지 않아도 잡범들은 사상범들을 빨갱이라고 부르며 기피해왔는데 기세 좋게 밀고 나갔다가 아무것도 밝혀내지 못했으니 말만 많은 빨갱이란 말이 먹혀드는 순간이었다.

기가 막혔다. 신현칠도, 구연철도 밤새 잠을 못 잤다. 분명히 뭔가 잘못되었는데 증거를 찾을 수 없으니 도저히 이해가 되지를 않았다. 생각하다 못한 지도부는 다음 날은 눈으로만 볼 게 아니라 직접 밥을 해보기로 했다.

이튿날, 감독을 맡은 열 명이 쌀 포대 푸는 일부터 시작했다.

쌀을 미국에서 직수입할 때라 포대에 영어로 기재가 되어 있었다. 영어를 잘 아는 신현철이 포대를 자세히 읽어보더니 고개를 갸우뚱했다.

"20킬로라고 써 있는 게 맞는데?"

신현철은 의아해하면서 쌀 포대를 저울에 올려보더니 버럭 고함을 질렀다.

"아니, 이거 15킬로밖에 안 되잖아!"

비밀은 밝혀졌다. 포대에는 20킬로그램이라 쓰여 있지만 내용물은 15킬로그램밖에 되지 않았던 것이다. 애초에 쌀 포대에 쌀을 덜 넣고 포장한 것이었다. 콩과 보리가 담긴 포대들도 마찬가지였다. 어떤 것은 20킬로그램 포장 안에 12킬로그램밖에 들어 있지 않은 것도 있었다.

양복에 넥타이까지 매고 서서 지켜보던 감찰관에게 저울을 보여주니 깜짝 놀라 형무소장을 다그쳤다. 형무소장 역시 몰랐던 일인 듯 식재료 보급을 담당한 용도과장에게 호통을 쳤다. 용도과장이 식량을 빼돌리고 있었던 것이다.

구연철과 동료들은 감찰관 앞에서 원래 무게대로 포대를 채워 밥을 해보았다. 밥의 양이 엄청났다. 4등 가다로 찍어보니 전날과는 비교도 할 수 없게 컸다. 최소한 30%는 빼돌렸으니 당연한 일이었다.

배식을 끝내고 감방으로 돌아가는데 일반수들이 함성을 지르고 박수를 치며 난리였다. 빨갱이라며 경계하고 혐오하던 이들을 하룻밤 사이에 영웅으로 받드는 것이었다. 이 일로 사상범들의 위신은 상당히 높아졌다.

쌀 사건으로 죄수들뿐 아니라 간수 중에도 사상범들에 대한 시각을 달리하는 사람이 생겼다. 구연철도 간수 한 명과 친해졌다. 예전이라면 있을 수 없는 일이었다.

구연철이 간수와 친하게 된 것은 도서 구입 때문이었다. 서적 반입이 허용되면서 사상범들 사이에 큰 인기를 끈 책이 한 권 있었다. 김수룡이 부인에게 부탁해 반입한 책으로, 소련과학아카데미에서 발행한 '경제학 소사전'이었다.

소련공산당의 주장이 그대로 담긴 이 책이 들어온 것은 경제학이라는 제목 때문이었다. 일본 와세다 대학에서 일본어로 번역해 출간했기 때문에 무식한 간수들은 내용을 읽어볼 수 없었다. 경제학을 배워 석방된 후 돈을 벌려는 거라고 말해 반입이 허가되었다.

경제학 소사전에는 사회주의의 역사와 용어들이 자세히 해설되어 있었다. 레닌의 저서들을 요약한 항목이나 무산계급의 독재니 제국주의의 몰락이니 잉여가치론이니 하는 주제에 대한 설명들이 논리정연하고 쉽게 설명되어 있었다.

특히 6 · 25전쟁에 관한 설명은 빨치산 출신들에게 인기가 있었다. 전쟁이 일어나기 3개월 전에 미 국무장관 덜레스가 한국을 방문해 38선을 시찰한 것이 곧 전쟁준비의 일환이었음을 설명하고 이승만 군대가 38선 이북을 5킬로미터 이상 침범한 여러 사건들을 제시해 6 · 25전쟁이 미국의 도발로 시작되었음을 주상하는 내용이었다.

사회주의자들에게는 소련 학술원에서 출간한 경제학 소사전이야말로 복음이었다. 책은 한 권뿐인데 읽으려는 사람이 너무 많았다. 일본어에 자신 있던 구연철도 꼭 경제학 소사전을 구입해 읽고 싶었다. 그러나 돈도 없고 면회 오는 사람이 없으니 부탁할 상대도 없었다.

마침 선량한 젊은 간수 하나가 친절하게 대해왔다. 밥 사건 이후로 사상범들에 대해 좋게 보게 된 간수 중 한 명이었다. 젊은 간수는 방문 앞을 지날 때면 인사도 하고 잠깐씩 이야기도 나누며 친해졌다. 운동장에 나가면 운동은 않고 간수와 이러저런 이야기도 나눌 정도가 되었다. 본래 착하고 이해심이 많았던 간수는 공부를 하고 싶다는 그의 말을 동정해 자기 돈으로 경제학사전을 구입해 넣어주었다.

구연철은 혹시라도 검방 때 걸릴까 싶어 목차 중에서 조선전쟁이란 항목이 들어 있는 부분은 찢어 없앴다. 그리고 밤잠을 안 자며 읽었다. 사회주의 용어와 기본이론은 달달 외우다시피 했다.

책이 두 권이 되었으니 돌아가며 공부를 할 수도 있었다. 한 주일은 이 방에서 보고 다음 주일에는 저 방에서 보는 식이었다. 방마다 일본어를 할 수 있는 사람이 있어 책을 읽고 설명해주었다. 마음 착한 간수가 사준 경제학 소사전은 이후 오십 년이 넘도록 구연철이 가장 아끼는 책이 되었다.

그러나 좋은 시절은 얼마 가지 않았다. 4·19혁명이 성공한 지 불과 1년 만에 육군소장 박정희가 군사반란을 일으켜 정권을 장악하면서 이승만 시대보다 더 살벌한 군사독재가 시작되었다. 박정희는 반공을 제1의 국시로 삼고 민주주의와 진보운동 탄압에 나섰다. 4·19혁명 직후 미미하게 회생하던 통일운동이나 노동운동은 철퇴를 맞았다.

심지어는 전쟁 초기 이승만에 의해 학살당한 보도연맹 사건을 밝히려는 유가족들을 체포해 사형까지 구형하기도 했다. 실제 사형을 시키지는 않았지만 극우파시즘의 공포정치는 이남의 모든 정치와 문화를 얼어붙게 만들었다. 파시즘 고유의 법칙대로, 극우정권 아래 날개를 단 것은 소수 독점재벌뿐이었다. 군사독재와 독점재벌의 밀월이라는, 전형적인 파시즘의 시작이었다. 독점재벌의 급성장으로 나라의 경제적 외형은 급

속히 커졌으나 빈부격차와 민주주의 퇴보라는 희생을 치러야
했다.

　박정희는 전국의 감옥에 흩어져 있던 사상범들도 대전형무
소로 몰아 집중관리토록 했다. 수백 명의 장기수들이 대전형무
소로 이송되어 한 방에 댓 명씩 수용되었다. 빨치산 출신들만
있는 게 아니고 전쟁이 끝난 후 이북에서 지하당 재건이나 정
보 수집을 위해 밀파되었다가 체포된 사람도 많았다. 민주당
정권 때 석방되었다가 다시 구속된 빨치산 출신들도 있었다.
사상범이 수용된 방만 해도 1백 개가 넘었다.

　군사독재 치하의 사상범 관리는 엄중했다. 부산형무소처럼
소리 내어 통방을 하거나 복도에서 만나 대화하는 것도 일체
엄하게 금지시켰다. 운동시간에 서로 스치며 얼굴이나 쳐다보
고 말 없는 눈인사를 나누는 게 고작이었다. 처음 보는 사이라
도 한 다리만 걸치면 다들 알 만한 사이였고 대화만 할 수 있으
면 금방 피를 나눈 동지가 되기 마련인데 참 답답했다. 책 반입
도 어려워졌는데 경제학 소사전은 여전히 소지가 가능해 한 방
사람들끼리 같은 책을 보고 또 보며 외우다시피 하는 게 전부
였다.

　답답하게 한 일 년쯤 지났을까, 형무소라는 명칭이 교도소로
바뀐 무렵이었다. 누군가 기발한 통신방법을 퍼트렸다. 자음과

모음을 숫자화시켜 해당 글자의 숫자만큼 벽을 두드려 통방하는 방식으로, 일제강점기 항일운동가들이 감옥에서 쓰던 방식이 되살아난 것이었다.

단추같이 작고 딱딱한 물건으로 시멘트벽을 두드려 신호를 보내는데, 기역이면 한 번, 니은이면 두 번하는 식으로 먼저 자음을 치고 이어 모음의 숫자를 두드려 단어를 만들었다. 자음의 순서가 늦어 두드리는 횟수가 너무 많은 키읔 같은 경우는 세 번 따닥따닥 두드린 후 크게 탁 치는 식으로 해결했고 모음들 역시 나름대로의 규칙에 따라 두드리는 숫자를 최소화했다. 실수해 잘못 쳤으면 쓱쓱 문지르는 소리를 낸 다음 처음부터 다시 쳤다.

옆방에서 듣는 사람도 온 신경을 집중해야 했다. 귀를 벽에 붙이고 듣다가 이해가 안 되면 탕 쳐서 다시 보내달라고 신호를 해가며 한 자 한 자 글자를 완성해 덧붙여나갔다. 또 한 사람은 성경책 뚜껑처럼 두꺼운 종이에 비누칠을 하고 비닐을 덮은 글자판을 들고 나무젓가락으로 글자를 받아 적어 모두에게 보여주었다. 다들 읽고 나면 비닐을 들어 올려 글씨를 지우고 다시 덮어 받아썼다.

이렇게 힘들여 통신하는 내용은 주로 공산당선언이라던가 잉여가치론 같은 사회주의 이론들이었다. 다들 재판 받은 지

오래고 새로 들어오는 사람도 없으니 새로운 소식은 별로 없었다. 누군가 외우고 있는 공산당선언을 옆방으로 두드려 전달하고 다시 또 옆방으로 전달하다 보면 문장 하나가 맨 끝까지 도달하는 데 며칠이 걸리는지도 알 수 없었다. 그래도 좋았다. 다들 짧아도 십여 년, 길면 죽는 날까지 수십 년의 감옥살이가 남아 있었다. 이차피 온종일 아무 할 일이 없으니 옆방에서 통방하자고 쿵쿵 두드려 오면 다들 기뻐서 눈이 반짝였다. 한 사람은 문창살에 매달려 간수가 오는가를 감시하고 나머지는 머리를 맞대고 앉아 비닐판에 적혀 나가는 문구들을 읽으며 고개를 끄덕였다.

감시 방법도 갈수록 발전해서 운동장을 오가며 주은 손톱보다도 작은 유리조각의 한 면에 밥풀로 까만 종이를 붙여서 초소형 거울을 만들었다. 그것을 손가락에 붙이고 문창살 사이로 살짝 내밀면 복도 끝에 앉은 간수가 보였다. 간수가 일어나 순찰하러 오는 걸 보고 '온다!' 고 속삭이면 부호를 때리던 이가 벽을 쾅 쳐서 중지 신호를 보냈다. 그리고 모두들 방문을 향해 나란히 책상다리를 하고 앉아 시치미를 뚝 떼고 있었다.

인류역사에 유래가 없을, 수백 명 정치범에 대한 수십 년의 감옥살이 속에서 일어나는 웃을 수도 울 수도 없는 일들은 너무나 많았다. 한때 험준한 산악지대를 누비며 세계 최강이라던 미군을 공포에 떨게 했던 빨치산들이, 혹은 무장간첩이라는 살벌한 명칭으로 신문을 장식했던 남파공작원들이 그 비좁은 방에서 수십 년을 갇혀 살며 모스부호로 사회주의 이론을 공부하고, 작은 일에 감동하여 어린애들처럼 울고 웃는 모습은 기이한 풍경일 수 있었다. 어쩌면 자신이 생각한 정의를 위해 목숨을 걸 수 있던 것이야말로 그들이 진짜 어린애처럼 순수하고 순박했기 때문인지 몰랐다.

구연철 자신도 마찬가지지만, 감옥의 그 많은 사상범 중에 반공영화에 악역으로 등장하는 피도 눈물도 없는 '빨갱이'는 없었다. 반면, 같은 사상범들조차 감동시킬 만큼 이타적이고 따뜻한 인품을 가진 사람을 찾기는 너무 쉬웠다.

모두가 완벽한 인격자라고는 할 수 없지만, 구연철은 감옥에서 만난 동료들에 대해 다른 누군가에게 설명할 때면 '참 좋은 사람'이라거나 '참 순수한 사람'이라는 수사를 붙이지 않은 경우가 거의 없었다. 말을 하다 보면 자신이 모든 동료를 칭찬하고 있다는 사실을 깨닫지 않을 수 없었다. 구연철 자신이 편안한 성품이다 보니 상대방이 잘해주는 측면도 있겠지만, 진실로 다 좋은 사람들이었기 때문이었다.

그것은 부르주아 사회의 가식적으로 훈련된 인격과는 다른 진정한 순수함이었다. 서로 발을 포개지 않으면 누울 수도 없는 비좁은 감방에서 짧으면 10년, 길면 수십 년을 24시간 내내 함께 살며 검증한 인격이었다. 구연철은 자신들이 잘못된 이념의 길을 걸었다고 생각한 적도 없지만, 설사 실천과정에서 잘못된 점이 있다 할지라도, 적어도 사회주의운동에 투신한 개개인의 인간성은 자본주의 치하에서 자기의 이익만을 위해 살아가는 인간들과는 비교할 수 없이 고귀하다는 사실만큼은 절대 확신했다.

하지만 세상은 그들을 잊었다. 구연철의 가족들도 그랬듯이, 형무소 어딘가에 살아남은 빨치산들이 있다는 사실조차 입에 올려서는 안 되는 금기사항이었다. 박정희 정권이 들어서면서 반독재투쟁으로 감옥에 들어오는 대학생이나 지식인들이 갈수록 늘었지만, 그들 역시 가슴에 빨간 딱지를 붙인 사상범들과는 교류조차 하려 들지 않았다. 심지어 사상범이 말을 걸면 '우리는 당신들과 다르다'며 화를 내는 이도 있었다.

세상이 다시 그들에게 관심을 갖게 된 것은 1972년이 되어서였다. 구연철이 대전에서 7년 옥살이를 마치고 광주교도소로 이감된 지 4년째 되던 무렵이었다. 석방을 2년 남짓 남겨둔 시점이기도 했다.

1970년대 들어서면서 사회주의와 자본주의의 차가운 대립이 일시적이나마 완화되고 있었다. 6·25전쟁과 베트남전을 통해 극단적으로 대립했던 양대 체제는 1969년 미국대통령으로 당선된 닉슨이 막대한 경제적 정치적 부담을 주던 베트남전의 종결, 해외주둔 미군의 단계적 철수, 동맹국의 자주국방 강화 등을 골자로 한 성명을 발표함으로써 해빙 분위기에 접어들었다.

미국이 닉슨독트린이라는 새로운 노선을 택함에 따라 사회주의 소련과 중국도 잇달아 실용주의 노선으로 전환해 자본주의 국가들과 국교수립을 시작했다.

이는 양대 체제가 제각기 경제적, 정치적 어려움을 해소하기 위해 전략적으로 선택한 것으로, 근본적인 이념의 변화라고는 할 수 없었다. 하지만 동서냉전으로 고통받던 많은 사람들에게 일시적이나마 희망을 안겨주었다.

1972년 7월 4일, 박정희 정권의 중앙정보부장 이후락은 자신이 두 달 전인 5월 초에 평양을 극비 방문해 북측과 통일협상을 벌였음을 밝히는 기자회견을 열어 국내외에 큰 충격을 주었다. 5월 말에는 북측 대표로 김영주 부수상이 서울을 극비리에 답방해 남북협상을 했다는 사실도 공개되었다.

이날 이후락은 '7·4남북공동성명'이라는 제목으로 남북의 합의내용을 발표했다. 외세에 의존하지 말고 자주적으로 통일할 것, 무력행사에 의하지 않고 평화적으로 실현할 것, 사상과 이념을 초월해 하나의 민족으로 대단결할 것, 이를 위해 상대방에 대한 비방과 무장도발을 중지할 것, 남북 이산가족 상봉을 위한 적십자회담을 촉진할 것 등 예전에는 말도 꺼낼 수 없던 파격적인 내용이었다.

휴전선 너머에 가족을 둔 1천만 명에 이르는 이산가족들은 물론, 야당과 학생들, 재야민주인사들까지 대환영할 수밖에 없었다. 특히 이십 년 가까이 감옥살이를 해온 수백 명의 사상범들에게는 자신의 석방소식 이상으로 반가운 소식이었다. 전혀 엉뚱하게도, 이후락의 발표가 자신들을 끔찍한 고통으로 몰아넣을 줄은 생각도 못했다.

박정희는 진정으로 사회주의와 화해하여 남북통일을 이루려는 의도 따위는 갖고 있지 않았다. 동서화해라는 국제적 분위기를 이용해 독재 권력을 강화하려는 목적뿐이었다. 1970년 대통령선거에서 야당 김대중에게 박빙의 차이로 패배할 뻔했던 박정희는 남북통일이라는 국민적 염원을 자극해 극적으로 지지도를 회복한 다음 곧바로 종신대통령이 되기 위한 개헌작업에 들어갔다. 7·4공동성명 후 불과 3개월 만에 선포된 유신헌법이 그것이었다.

박정희는 10월유신이라 불리는 초헌법적 조치를 통해 대통령선거를 간선제로 바꾸고, 연임제한을 없애버렸다. 또 이 새로운 독재 헌법에 대한 일체의 토론을 금지시키는 긴급조치들을 속속 발표했다. 한국적 민주주의라는 이름으로 행해진 종신 대통령제였다.

박정희는 평생을 권력만을 추구해온 자였다. 일제 때는 일본육사의 우등생으로 충성을 다하다가 해방 직후 좌익이 득세하자 남로당에 가입했다가 좌익이 몰락하자 동료를 팔아 살아남아 기어이 쿠데타로 정권을 잡은 자였다. 그의 간악함은 7·4성명 후 사상범들에 대한 강제 전향 작업으로 확실히 드러났다.

공동성명의 소식을 듣고 잠시나마 남북통일의 희망을 품었던 장기수 사상범들은 이내 자신들이 끔찍한 함정에 빠졌음을 깨닫게 되었다. 남북교류의 하나로 사상범들을 북송하게 될지도 모른다고 판단한 박정희 정권은 사상범들에게 사상전향을 했다는 서약서를 쓰게 함으로써 북송자를 줄이려는 작업에 들어간 것이다. 전향서를 쓴다고 해서 조기석방하거나 우대를 하는 것도 아니었다. 이들을 이북으로 보내 영웅으로 만들지 않으려는, 한 명이라도 덜 북송하기 위해 벌인 사업일 뿐이었다.

사람의 몸을 강제로 묶어둘 수는 있어도 머릿속의 생각을 강제로 바꿀 수는 없는 법이다. 교육과 설득으로 바꿀 수는 있을지라도 폭력으로 바꾸는 것은 더욱 불가능한 일이다. 더구나 혹독한 고문과 회유를 이겨내고 전향을 거부해 장기수가 된 사상범들이 이제 와서 갑자기 생각을 바꿀 수는 없었다.

박정희 정권도 이 점을 모를 리가 없었다. 그들이 원한 것은 근본적으로 생각을 바꾸라는 게 아니었다. 거짓이라도 상관없으니 생각이 바뀌었다고 서명함으로써 이남 체제의 우월성을 이북에 알리겠다는 것이었다. 또는 북송인원을 최소화함으로써 이남 극우세력의 반발을 줄여보려던 것이지도 몰랐다.

곧 북송되리라는 희망으로 부풀었던 사상범들에겐 날벼락 같은 이야기였다. 전국의 여러 교도소에 흩어져 수감되어 있던 사상범들에 대한 전향 작업은 완강한 반발에 부딪혔고 이내 끔찍한 폭력이 시작되었다. 빨치산이나 간첩은 인간이 아니라고 교육받아온 교도관이나 파렴치범들이 앞장서서 밖에서는 상상도 하기 어려운 폭력을 가했다.

구연철이 수감되어 있던 광주교도소에는 40명 정도의 사상범들이 있었다. 교도소 측은 사상범들을 독방에 가두기 위해 여사까지 비워 40여 개의 방에 나란히 수감하고 있었다. 구연철도 독방에 갇혀 있던 어느 날 교무과에서 호출이 왔기에 가보니 아버지가 돌아가셨다고 알려주었다. 수감된 지 18년 만에 처음 들어보는 가족 소식이었다.

적국의 탄광에서 조센징이라고 멸시천대 받으면서도 오로지 가족을 위해 일을 하루도 쉬지 않고 일하던 아버지였다. 고국에 돌아와 소작농으로 어렵게 살면서도 맏아들 하나를 공부시키기 위해 팔방으로 뛰어다니던 아버지였다. 아들이 어렵게 학비를 대준 대학에서 갑자기 돌아왔을 때도 나무라기보다 무슨 일이 있는가 걱정해주던 아버지였다. 걱정하는 아버지를 볼 면목이 없어 집을 나서 부산으로 떠난 이후 다시는 만나지 못한 채 18년 만에 부고를 듣게 되다니, 무어라 감정을 표현할 수가 없었다. 밀려오는 회한에 가슴이 답답하고 한숨만 나왔다. 그런데 그때 교도관의 말이 정신을 번쩍 나게 했다.

"부모님한테 그만큼 불효했으면 이제 정신 차리고 전향을 해서 어서 나가서 동생들도 돌보고 어머니도 부양해야 되지 않겠습니까? 전향서를 쓰면 우리가 잘 보고해주겠소."

갑자기 가족 소식을 알려주는 의도를 깨달은 구연철은 가슴 속으로 흐르던 눈물까지 식어버리는 기분이었다.

"전향이라니요? 그 수많은 애국지사를 죽이고 지금도 친일, 친미 반역자들이 떵떵거리며 잘 사는 이 이남 정권에 충성을 맹세하라는 말입니까? 그렇게는 못합니다."

완강히 거절하고 감방에 돌아와 이웃 감방에 부고를 전하니 동료들이 사방에 소식을 알렸다.

"구연철 동지 아버님이 돌아가셨답니다. 추모의 뜻으로 일일 단식을 하는 게 어떻겠습니까?"

"단식합시다!"

사방에서 호응이 왔다. 40명의 사상범들이 하루 동안 단식을 하며 구연철의 아버지를 추모해주었다.

이날까지만 해도 교도관이 전향하라고 한 말을 그리 심각하게 생각하지는 않았다. 처음 체포되었을 때부터 지금까지 여러 차례 전향을 권유받았으니 일초의 어유도 없이 즉석에서 거부해왔고, 상대방들도 심하게 강요한 적이 없었기 때문이다.

얼마 지나지 않아 이번 전향공작은 예전과 전혀 다르다는 것을 깨닫게 되었다. 구연철뿐 아니라 모든 사상범들을 하나씩 불러 전향을 권유하더니 아무도 말을 듣지 않자 곧바로 폭행을 시작한 것이다.

광주교도소의 전향 작업을 맡은 것은 교무과장 강철영이었다. 그는 단순히 먹고 살기 위해 위에서 시키는 대로 하는 차원을 넘어 도저히 인간이라고 할 수 없는 악독한 짓을 시작했다.

강철영은 독방을 쓰던 이들을 모두 끄집어내 0.75평 방 하나에 네다섯 명씩 몰아넣더니 나중에는 여덟 명까지 집어넣었다. 책은 모조리 빼앗아버리고 옷까지 홀랑 벗겨 그 추운 겨울날 맨몸으로 24시간 내내 앉아 있게 했다. 누우라 해도 누울 수 없이 비좁아 냄새나는 변기통 위에 앉은 사람이 제일 편한 지경이었다. 그해는 유난히 춥고 눈이 많이 왔다. 온방장치라곤 복도 끝의 간수 책상에 놓인 연탄난로 하나뿐이어서 죄수들은 겨울마다 추위에 떨기 마련인데 팬티만 입은 채 며칠 내내 잠도 못 자고 앉아 있으니 고통이 이만저만이 아니었다.

강철영은 그래도 아무도 전향을 하지 않으니까 새로운 방법을 고안해냈다. 일반수 중에 가장 악질적인 범죄로 들어와 사형이나 무기를 받고 복역 중인 흉악범들에게 무슨 짓을 해서라도 전향을 시키면 가석방을 시켜주겠다고 꼬드긴 것이었다. 정무종, 원삼식 등 살인과 강도로 들어온 데다 본래 포악하기 짝이 없는 자들이 그 일을 맡았다.

정무종과 원삼식은 추운 겨울날 새벽에 벌거벗고 앉은 사상범들에게 찬물을 뿌리고 다니거나 야구방망이를 들고 돌아다니다 아무 방이나 뛰어 들어와 닥치는 대로 방망이로 두들겨 패는 것으로 일과를 시작했다. 방마다 아우성과 비명이 터지고 피가 낭자해지면 한 명을 본보기로 끌고 나가 빈 방 아무 데나 집어넣고 온종일 두들겨 팼다. 칭칭 묶어놓고 온갖 기합과 구타를 하다못해 바늘로 온몸을 찔러대며 전향서를 쓰도록 강요했다. 고문의 기술조차 모르는 그들은 장기수들이 온몸이 피투성이가 되거나 말거나, 그 자리에서 죽거나 말거나 무조건 두들겨 패고 짓밟는 것밖에 할 줄 몰랐다. 그 짓을 하루나 이틀 걸러 한 번씩 한 게 아니라 매일같이, 온종일 계속했다.

그래도 좀처럼 전향자가 나오지 않자 나중에는 전향 대상자를 고르는 기준을 바꿨다. 전향 작업의 최우선 순위는 형기가 얼마 남지 않고 이남에 가족이 있는 사람들이었다. 전향 안 하면 석방시키지 않겠다고 협박할 수 있는 데다 석방되어도 이북으로 돌아가지 않을 테니 전향서를 쓰기가 쉬울 거라고 본 것이다. 이남 출신 중에서도 이남에 가족이 없고 형기가 긴 사상범이 다음으로 고초를 당했다.

반면, 이북에 가족이 있으면서 형기가 많이 남은 이들에게는 비교적 폭력의 강도가 약했다. 전향이란 곧 이북에 대한 거부 선언이었다. 북쪽에 가족이 있는 사람들은 전향을 하면 이북이 받아주지 않으리라 생각해 끝까지 버티리라고 보고 공을 들이지 않은 것이다.

결과적으로 그들의 계산이 맞았다. 가장 혹독한 구타와 고문을 당할 수밖에 없던, 이남에 가족이 있고 형기가 얼마 안 남은 이들은 결국 대부분 전향서를 썼다. 이들 중에도 끝까지 버틴 사람들은 양손이 붙잡힌 채 백지에 강제로 지문을 날인당했고 교도관들이 백지에 마음대로 전향서를 써버리기도 했다.

반면, 이북에 가족이 있고 형기가 많이 남은 사람들은 상대적으로 덜 폭력을 당해 대부분 전향서를 쓰지 않고 버틸 수 있었다. 훗날 김대중 정부 시절에 이북으로 송환된 이들이 그들이었다.

어떤 경우든 사람의 사상이 강제로 바뀔 수는 없었다. 다들 수감된 지 20년 가까이 지켜온 사상이 테러로 바뀔 수는 없었다. 전향서를 쓴 사람이나 안 쓴 사람이나 속마음은 조금도 다를 게 없었다.

더욱이 전향서에 날인했다고 해서 그 대가로 일찍 석방되거나 우대를 받은 것도 아니었다. 전쟁 중에 체포되자 목숨을 부지하려고 국군이나 경찰관으로 변신해 어제의 동료들을 잡으러 다녔던 전향자들과는 또 달랐다. 그런 경우는 비겁한 배신자라고 비판하는 게 맞지만, 감옥에서 초죽음이 된 채 강제로 백지에 무인을 찍어야만 했던 이들에게 배신자의 딱지를 붙일 수는 없었다.

전향 테러는 2년 넘게 계속되었고 대부분의 사상범들이 강제로 날인당했다. 하지만 전향공작에 동원되었던 흉악범들은 가석방되지 못했다. 광주교도소는 정무종과 원삼식이 가석방 약속을 지키라고 요구하자 다른 교도소로 이감시켜버렸다. 견디지 못한 정무종은 대구교도소로 이감되자 스스로 목을 매달아 자살했다.

구연철은 전향공작이 막바지에 이르던 무렵에 석방되었다. 1974년 12월 30일, 경남도경 앞 사진관에서 체포된 지 꼭 20년

만이었다. 산에 올라간 날로부터 치면 꼭 24년 만의 사회 귀환이었다.

석방되는 날, 교도소장실에 불려가니 낯선 얼굴들이 기다리고 있었다. 둘은 신병을 인수받으러 온 부산경찰서 형사들이었고 나머지 둘은 남동생들이었다. 24년 만에 만나 얼굴도 알아볼 수가 없는데 남동생이 손을 잡으며 말했다.

"형님! 형님 왔습니까?"

어색해 무어라고 할 말이 없었다. 어머니 생각밖에 나지 않았다.

"어머님은 계시냐?"

동생은 무슨 말인가 모르는 듯 잠깐 머뭇거리다가 이내 대답했다.

"계십니다."

마음이 놓였다. 죽지 않고 살아서 어머니를 뵙는구나, 하는 생각에 긴 옥살이의 설움이 조금은 덜어지는 기분이었다. 동생들이 가져온 사복을 갈아입고 형사들을 따라 교도소를 나섰다. 12월 말의 을씨년스런 날씨였다. 20년 만에 보는 거리의 햇살인데 눈부시지도 따뜻하지도 않았다.

형사들과 함께 광주터미널에서 버스를 타고 부산으로 향했다. 형사들은 부산에 도착해서도 집으로 보내지 않고 남부경찰서에 데려가 요주의 인물에 필요한 서류를 작성하도록 했다. 정보과에서 서류에 지문을 찍고 얼굴 사진을 찍고 있는데 형사 하나가 다가와 다정한 척 반말을 했다.

"임마, 니 참 용하게 살아 나왔구나."

아직도 20년 전 사진관 사건을 기억하고 있었던 것이다. 구연철은 아무 대꾸도 않고 웃어주지도 않았다. 형사도 늙고 자신도 늙었는데 함부로 반말을 하는 게 마땅치 않았다. 감옥에서 간수들이 함부로 반말을 했다면 한바탕 싸웠을 것이다. 하지만 언제든 자신을 감옥에 돌려보낼 수 있는 권력을 가진 자들 앞이니 참아야 했다. 석방은 되었다지만 바깥세상도 감옥과 다르지 않다는 생각이 들 뿐이었다.

정보과에 몇 시간이나 붙잡혀 있다가 형사 두 명의 호송을 받으며 집에 도착하니 저녁 6시가 넘어 있었다. 집이랄 것도 없이, 한 칸짜리 허름한 골방이었다.

맏이인 구연철 아래 일곱 명이나 되는 동생이 있었는데 여동생 셋은 결혼해 나가 살고 결혼 못한 남동생 넷이 그 비좁은 방에 함께 살고 있었다. 그날은 시집간 여동생들까지 일곱 동생이 모두 모여서 그를 맞이했다.

방에 들어가니 밖에서 사진을 찍어대던 형사들도 따라 들어왔다. 자리에 앉기 전에 어머니에게 큰 절을 올려야 하는데 어머니가 보이지를 않았다.

"어머니는 어디 계시냐?"

동생들은 형사들의 눈치를 보며 잠깐 나가셨다고만 했다. 어머니에게 절도 안 올리고 방에 앉을 수는 없었다. 어디 가셨냐고 거듭 물어볼 때였다. 여동생들이 빈 밥상을 들여오더니 물 한 그릇을 떠 올렸다. 그리고 어머니 사진을 올려놓는 것이었다.

"오빠 인사하세요."

정신이 멍했다. 선 채로 눈만 껌뻑거리고 있었다. 기가 막혀서 눈물도 나오지를 않았다. 한참 동안이나 아무 말도 하지 못하고 멍하니 서서 어머니 영전을 내려다보고 있으려니 여동생 하나가 위로하는 것이었다.

"어머니가 오빠 생각에 하루도 마음 편히 주무신 날이 없어요. 이제 오빠가 나오셨으니 어머니도 마음 편히 가실 수 있을 거예요. 오빠, 마음을 단단히 가집시다."

그제야 눈물이 핑 돌았다. 쓰러지듯 엎어져 어머니 영전에 절을 올리는데 눈물이 쏟아져 나왔다. 무릎을 꿇고 방바닥을 주먹으로 짚은 채 엉엉 울기 시작했다. 동생들도 훌쩍훌쩍 눈물을 훔치며 고개를 숙였다. 보고 있던 형사들도 안됐는지 내일 경찰서로 오라는 말만 남기고 나가버렸다. 여덟 형제자매는 그제야 서로서로 어깨를 부둥켜안고 마음 놓고 울기 시작했다. 다 함께 얼마나 통곡을 했을까, 구연철이 먼저 정신을 차리고 동생들의 등을 하나씩 두드려주고 안아주며 말했다.

"미안하데이, 니들에게 참 미안하데이. 그래, 그래도 마음 단단히 먹고 새로 시작해보자. 이리 우애 있는 형제들이 있는데 기를 쓰고 살다 보면 어떻게 되지 않겠나. 힘내자."

동생들이 고개를 끄덕여주는 것만도 고마웠다. 그는 힘을 내어 일어나 어머니 영전에 다시 한 번 큰 절을 올렸다. 그렇게 새로운 삶이 시작되었다.

11.
일송과
주송

자본주의 사회에서의 삶은 그에게 또 다른 전쟁이었다. 마흔 다섯 나이에 가진 돈이라곤 한 푼도 없이, 아무런 기술도 경력도 없이 전쟁터 같은 자본주의 세상에 던져지니 막막했다.

　동생들의 삶도 팍팍하기는 마찬가지였다. 여동생 셋은 아버지가 살아계실 때 결혼을 시켜 어려우나마 남편을 의지해 살아가고 있었지만 남동생 넷은 초등학교만 겨우 나와 사회의 맨 밑바닥 생활을 하고 있었다. 바로 밑인 둘째 동생은 폐타이어를 잘라 밧줄을 만드는 막일을 하고 있었고 셋째는 가구공장에서 기술을 배우고 있었는데 아가씨를 사귀었지만 결혼식 올릴 처지가 못 되었다. 운전하는 넷째 동생이 그나마 나은 편이었지만 수입은 대수롭지 않았다.

마흔다섯 노총각인 구연철부터 스물을 갓 넘은 막내까지 다섯 사내가 움집 같은 방 한 칸에 자취하며 아침에 나가 한밤중에 돌아오는데 버는 돈을 다 모아봤자 저축은커녕 생활비도 부족했다. 네 명의 동생들을 결혼시킬 책임을 떠맡고 보니 아득했다. 하나둘씩 석방되는 다른 사상범들 중에는 집안이 괜찮아 어렵지 않게 자리를 잡는 사람도 있었으나 그는 어느 누구의 도움도 받을 수 없는, 노동자이자 소작인의 아들이었다.

게다가 사흘에 하루는 경찰서에 가서 신고를 해야 했다. 석방되고 처음 한동안은 매일 갔는데 그나마 줄어든 것이었다. 가봐야 조서를 쓰는 것도 아니고 이야기를 하는 것도 아니었다. 몇 시간씩 정보과 의자에 멀뚱하니 앉혀놓고 '나와 보니 어떻노?', '빨갱이 짓 한 거 후회되지 않나?', '니 사람 몇이나 죽였나?' 하고 비아냥거리는 게 고작이었다.

동생을 따라다니며 막노동이라도 하려 했으나 몸도 따라주지 않는 데다 사흘에 하루는 경찰서에 가느라 쉬어야 하니 아무 일도 할 수가 없었다. 몇 달 뒤부터는 경찰서에 가지 않아도 됐으나 대신 형사들이 매일이다시피 집에 찾아와 동정을 살피고 주위 사람들에게 누가 이 집에 드나들지 않는가를 물어보고 갔다. 정상적인 취직은 불가능했다.

구연철뿐 아니라 파쇼정권에 요시찰로 찍힌 이들의 처지는 비슷했다. 같은 요시찰이라도 민주주의운동이나 야당활동으로 찍힌 사람들은 그래도 좀 나았다. 장기수 출신 혹은 월북자의 가족이나 좌익사건 관련자들은 번듯한 직장에 취업하는 게 거의 불가능했다. 해고 시키라고 압력을 넣지 않더라도, 주기적으로 형사들이 찾아와 동향을 묻고 가는데 고용을 유지하는 사장은 없었다. 형사들이 한밤중에 구둣발로 들이닥쳐 집안을 뒤지고 서신과 전화를 검열하는 것도 기본이었다. 항의라도 했다가는 자식들이 보는 앞에서 따귀를 맞고 욕설을 들어야만 했다. 그나마 구연철은 형사들에게 직접적인 모욕은 당하지 않은 편이었다.

어차피 일도 할 수 없어 몇 달간 쉬고 있으니 몸은 한결 좋아졌다. 시집간 여동생들이 멀지 않은 곳에 살고 있어 반찬도 해다 주고 낮에 와서 밥도 해주어 심리적으로도 안정되었다.

우연히 동래군당 위원장을 했던 박정배와 재회한 것도 마음이 안정되는 데 도움이 되었다.

부산형무소에서 7년을 함께 옥살이했던 박정배는 15년 형을 마치고 출소해 광안리에서 가족으로부터 물려받은 극장을 운영하고 있었다. 어느 날 화물을 실으러 온 트럭운전사가 구연철과 똑같이 닮은 것을 보고 혹시 구연철이를 아는가 물어보았다. 동생이 큰형이라고 말해주자 너무나 반가운 나머지 자기도 감시를 받고 있음에도 몰래 구연철의 집에 찾아왔다.

얼마나 반가운지 몰랐다. 이승만과 미국에 대한 반발로 좌익에 대한 지지가 탄탄했던 예전과 달리, 전쟁을 겪은 이남 사람들은 이념문제에 극도로 과민해져 있었다. 옛날과 너무나 달라진 사회분위기에 적응하지 못하고 있던 구연철에게는 옛 동료와의 만남이 큰 용기가 되었다.

이후에도 박정배는 그를 보고 싶으면 동생에게 만날 장소를 알려주었고, 형사들의 눈을 피해 한밤중에 몰래 만나면 밥도 사주고 용돈도 주며 격려를 아끼지 않았다.

가족들의 애정도 큰 힘이 되었다. 세 여동생은 물론, 그 남편들도 요시찰로 감시받는 그를 경계하지 않고 잘 이해해주었다. 매일이다시피 형사들이 드나드는데도 겁내지 않고 집에 놀러와 위로도 하고 격려도 해주었다. 집안이 초토화되도록 만든 자신을 원망하지 않고 함께하려는 동생들이며 매제들이 그렇게 고마울 수가 없었다.

처음 석방되었을 때는 암담하기만 했는데 주변 사람들이 극진히 아껴주니 무엇이든 할 수 있다는 자신감도 생기고 잘 살아봐야겠다는 욕구도 생겼다.

여동생들은 큰오빠가 결혼을 해야 집안이 안정된다고 생각하고 결혼도 추진했는데 마흔다섯이나 먹은 좌익전과자에게 시집올 여자를 찾기는 힘들었다. 그런데 한 분 있는 이모가 그보다 18살이나 어린 아가씨를 중매했다. 아버지가 부산진역 역장으로 괜찮게 사는 집안의 딸이었다. 도무지 이뤄지기 힘든 중매였는데 이상하게 이야기가 술술 잘 풀렸다. 아가씨가 어린 나이에 결혼을 했다가 실패한 아픔이 있었음을 나중에 알았지만 인습에 매여 살지 않는 구연철에게는 그런 것은 조금도 흠이 되지 않았다.

선을 보았다는 소식을 들은 박정배가 아가씨를 한번 같이 보자고 연락을 해왔다. 결혼은 중대사이니 동지들의 충고를 들어보자는 것이었다. 구연철은 아직까지 만나지 못하고 있었으나 부산에는 일찍 출소한 옛 동지들이 칠팔 명쯤 있었다.

동생을 통해 날을 잡은 박정배는 경찰의 미행을 피해 이들을 몰래 냉면집으로 모이게 하고 구연철과 아가씨를 앞에 앉혀놓았다. 구연철은 결혼보다도 김수용 등 옛 동지들과 만난 게 더 감격스러웠다. 아가씨와 이런저런 대화를 해본 동지들은 그녀가 썩 마음에 들어 흡족한 표정들이 되었다.

분위기가 화기애애해졌을 때, 박정배가 심각한 표정으로 이야기를 꺼냈다. 전력을 숨긴 채 결혼하는 것은 여자에게 옳지 않은 일이니 솔직하게 설명해주겠다는 것이었다. 박정배는 구연철이 조국의 통일을 위해 투쟁하다가 감옥에서 20년이나 보냈다는 것, 그렇지만 사람 하나는 성실하다는 것, 여기 모인 동료들이 자신 있게 보증한다고 말했다.

아가씨는 의외로 담담하게 받아들였다. 몇 번 만나면서 그의 따뜻한 인품과 성실성에 마음이 끌린 덕분이었다. 그녀는 감방 동료들의 진솔한 추천에 오히려 감동하여 그 자리에서 확실히 결혼을 승낙했다. 세상의 손가락질을 받는 사상범에 가진 재산 한 푼 없고 나이는 아버지뻘인, 더구나 결혼하면 넷이나 되는 시동생들을 돌봐야 하는 최악의 상대였음에도, 오직 인간성 좋고 성실하다는 것 하나만으로 결혼을 승낙한 것이다. 괜찮은 여자라는 동지들의 판단은 옳았다.

동지들은 가진 돈 한 푼 없는 구연철이 소박하나마 예식이라도 올릴 수 있도록 십시일반으로 돈을 모아주었고 매제들이며 남동생들도 조금씩 보태 무난히 결혼식을 올릴 수 있었다. 감옥에서 나온 지 일 년도 되지 않아 얻은 행복이었다.

식은 올렸지만 신혼여행을 갈 돈도 방 한 칸 얻을 돈도 없었다. 여행은 고사하고 신혼 첫날부터 네 남동생과 함께 여섯 식구가 비좁은 방에서 자야 하니 아내에게 미안하기만 했다. 동생들이야 착한 형수가 밥 해주고 빨래 해주니 좋아했지만 신혼의 아내에게는 미안한 노릇이었다.

달리 방법도 없어 잘 참아주는 아내에게 고마워하며 한동안 지내고 있는데 어느 날 박정배가 경찰의 눈을 피해 놀러 왔다가 딱한 사정을 보고 말았다. 박정배는 이렇게 살면 안 된다고 야단을 치고는 광안리에 자기가 아는 집을 소개해주었다. 방 두 칸짜리 사글세방으로 지금까지 살던 방에 비하면 궁전이나 다름없었다. 박정배의 부탁으로 월세도 싸게 해주어 부담도 없었다. 이사하는 날, 다들 얼마나 좋아하는지 몰랐다.

좋은 방은 얻었으나 아무런 생계 대책이 없었다. 일을 하고 싶어도 취직은 불가능했다. 설사 전력을 속이고 취직한다 해도 형사들이 계속 직장에 찾아가 동향조사를 하다 보면 저절로 쫓겨나게 되어 있었다. 다른 빨치산 출신들도 가족의 도움으로 장사라도 하면 다행이었다. 대개 막노동을 하거나 감옥에서 배운 침술로 용돈이나 버는 정도였다.

동생들과 상의한 끝에 손수레 장사를 하기로 했다. 부산진시장에서 값싼 장신구들을 도매로 떼어다 사다가 재래시장 한구석에 놓고 파는 일이었다.

처음에 4만 원어치 장신구들을 떼어 시장 한구석에 세워놓고 있으니 제법 장사가 잘 되었다. 하루에 백 원도 팔리고 이백 원도 팔리는데 당시로는 괜찮은 액수였다. 그런데 툭하면 형사들이 근처에 와서 한참씩 지켜보다 사라졌다. 결혼을 하면서 경찰서에 오라 가라는 말은 없어졌지만 감시는 여전한 것이었다.

형사들은 살고 있는 동네의 통장이나 반장에게도 찾아가 구연철의 집에 어떤 사람이 드나드는지 적어서 보고하라고 지시하고 있었다. 당 조직을 하던 사람이라 어디 가도 인심을 잃지 않고 진심으로 따뜻하게 대하니 그 사람들이 오히려 구연철에게 찾아와 형사가 왔다 갔다고 이야기해주며 걱정할 지경이었다.

경찰이 지속적으로 감시를 한 것은 단순히 동향조사를 위해서가 아니라 사회안전법에 따른 것이었다. 구연철이 석방된 직후인 1975년에 제정된 사회안전법은 3년 이상 수형생활을 하고 나온 사상범들을 집중적으로 감시해 재범의 우려가 있다고 판단되면 범법 사실이 없더라도 임의로 재수감할 수 있도록 한 법이었다. 재수감 기간은 2년이었으나 무한정 연장이 가능했다.

대상자들은 일상적으로 감시를 받을 뿐 아니라 3개월에 한 번씩 검찰청에 들어가 지난 3개월 동안의 행적에 대해 자세히 다 적어야 했다. 어느 날 어디서 무얼 하고 누구를 만났는지 잘 기억도 나지 않는 날들을 일일이 기록하느라 하루를 꼬박 뺏기는 일이 보통 고역이 아니었다. 행적에 의심을 사거나 옛 동료들과 모임을 갖는다는 사실이 드러나 재수감된 사람들도 여럿 있었다.

한 명이라도 더 감옥에 다시 집어넣어 공을 세우려는 경찰의 집요한 감시 아래 노점상도 제대로 할 수가 없었다. 매상은 그런대로 유지했으나 매일 수많은 사람과 대화하는 장사다 보니 형사들이 촉각을 세우는 것도 당연했다. 손님들과 이야기만 나눠도 누군가와 접선을 하는 게 아닌가 하는 의심을 받아야만 했다. 매일처럼 근방을 서성거리며 감시하는 형사들 통에 도무지 불안해서 장사를 해먹을 수가 없었다.

결국 때려치우고 동생을 따라 막노동을 시작했다. 남천동의 삼익아파트 신축공사장이 첫 일터였다. 체격이 작고 기술도 없는 그에게 막노동은 쉬운 일이 아니었다. 그래도 힘든 기색이나 나태함을 보이지 않고 온 힘을 다해 일하는 그를 다들 좋아했다. 아이도 하나씩 태어나고 있는데 여기서 못 버티면 살아갈 수 없다는 각오로 죽어라고 일했다.

오십대 중반이 되어 더 이상 힘에 부쳐 못할 때까지 7년이나 막노동을 했다. 그 사이 4만 5천 원에서 시작한 월급이 10만 원으로 올랐다. 하지만 80년대 초의 십만 원은 공장의 어린 여성 노동자 수준이었다. 참으로 어렵게 살았다.

어려움 속에서도 동생들은 하나씩 자립했다. 번듯한 결혼식을 올리지는 못했어도 다들 남자의 처지를 이해하고 아끼는 여자를 만나 분가해 나갔다. 동생들이 어려운 가정환경 속에서도 나쁜 짓 하나 하지 않고 깨끗하게 살아온 것이 고맙고, 가난보다는 사람됨을 보고 결혼해서 열심히 살아주는 제수씨들이 고마웠다.

힘에 부쳐 공사장 일을 못 다니게 되면서 조그마한 빈 점포를 얻어 이불보따리 만드는 일을 시작했다. 전후의 난개발로 보온이 거의 안 되는 싸구려 단독주택이 대부분이던 시절이라 두터운 솜이불이 생활필수품이었다. 이불을 넣고 다니는 커다란 나일론 포대도 수요가 많았다.

아내도 합류했다. 재봉틀 두 대를 놓고 부부가 나란히 앉아 백 장, 이백 장 만들어 부산진 시장에 납품하다 보니 물건도 잘 만들고 신용도 잘 지킨다고 일감이 점점 늘었다. 재미가 있었다. 나중에는 미싱 다섯 대를 들여놓고 아줌마들까지 고용해 제법 살 만했다.

그러나 대량생산 박리다매의 자본주의 법칙은 그 보잘것없는 업종도 비켜가지 않았다. 돈이 된다고 알려지자 큰 자본을 가진 사람들이 너도 나도 뛰어들어 수십 대씩 미싱을 놓고 값싸게 만들어 공급하는데 당할 수가 없었다. 결국 1986년에 기계를 팔고 문을 닫았다.

가게를 정리하고 보니 살길이 막막했다. 시골에 내려가 농사라도 지어야겠다는 생각으로 이리저리 알아보던 중 오리 이야기가 나왔다. 사람들이 오리고기를 별로 좋아하지 않던 시절이었다. 중국이 개방되어 북경아시안 게임이 열리면서 오리고기가 조금씩 알려지고 있는 정도였다. 오리를 키우는 농가조차 거의 없었다. 하지만 구연철은 아직 남들이 안 할 때 시작해야 한다고 생각했다. 오리 기름이 식어도 굳지 않는 좋은 기름이란 점만 제대로 알려도 큰 인기를 끌 것이라고 판단했다.

기왕이면 보통의 흰 오리보다 청둥오리가 더 나을 것 같아 이리저리 알아본 끝에 사천군에 청둥오리를 키우는 사람이 있다는 이야기를 듣게 되었다. 무작정 사천군청에 찾아가 공무원들을 붙잡고 청둥오리를 키우려 하니 사육하는 사람을 찾아달라고 부탁했다. 오리를 거들떠보지도 않던 시절에, 그것도 청둥오리를 키우려 한다니까 군청직원들은 그가 무슨 대학교 연구실에서 나온 교수인 줄로 지레짐작한 듯했다. 교수님이라고 부르며 친절하게 길 안내까지 해주는 것이었다. 모르는 척 따라갔다.

농장에 가보니 청둥오리들이 백 마리 정도 있었다. 낙동강 하구에 가면 흔해 빠진 게 청둥오리지만 이를 키우는 사람은 거의 없었고 사 먹는 이도 없었다. 판로가 없어 힘들어하던 농장주는 기꺼이 열 마리를 분양해주고 키우는 방법까지 상세히 가르쳐주었다.

무작정 오리를 사기는 했으나 키울 곳도 정하지 않은 상태였다. 여기저기 변두리를 돌아다니며 노는 밭을 찾던 끝에 해운대 달맞이고개 밑에 외진 밭 하나를 빌릴 수 있었다. 동해 바다가 훤히 내려다보이는 달맞이고개는 나중에 부산 최고의 고급 주택지가 되지만 그때까지는 인적도 드문 외진 곳이었다. 보통 토지임대료를 기준으로 일 년에 십만 원을 주기로 계약을 맺었다.

동생들의 도움으로 값싼 비닐하우스에 부직포를 씌워 축사를 짓고 오토바이도 한 대 샀다. 매일 이른 아침 시내 식당을 돌아다니며 버린 음식찌꺼기를 얻고 시장바닥에 버린 채소 껍질들을 모아 오는 바쁜 나날이 시작되었다.

오리 키우는 일은 재미있었다. 자신이 생겨 사천의 오리농장에서 나머지 오리도 다 사 왔다. 농장 근처에 허름한 방 한 칸 얻어 살았는데 아침마다 축사에 나가 보면 오리 알이 하얗게 깔려 있었다. 아내는 오리 알 줍는 일을 무척 재미있어 했다.

오리 알은 부화장에 맡겨 새끼오리로 데려오기도 하고, 시장에 들고 나가 팔기도 했다. 사람들은 흰 오리의 알은 잘 안 먹었지만 청둥오리 알이라고 하니 약으로 쓰려고 곧잘 사 갔다.

오리 숫자가 나날이 늘어나 수백 마리를 넘어설 무렵부터 예상대로 오리고기 바람이 시작되었다. 어떻게 알았는지 의정부니 거제도니 전국에서 오리를 키우겠다고 찾아왔다. 신나는 일이었다.

처음에는 큰 오리들을 팔았는데 감당할 수가 없어 직접 부화기를 사서 오리를 생산했다. 부화기는 온도와 습도 유지가 중요하기 때문에 집에 들어가지 못하고 축사 옆에 천막을 치고 나무판자로 방을 만들어 살림을 시작했다. 갓 태어난 오리 병아리 한 마리가 3천 원으로 닭보다 훨씬 비싸니 벌이가 괜찮았다.

오리농장 소문이 나면서 그 자리에서 오리를 잡아달라는 사람들도 생겼다. 귀찮고 힘든 일이지만 아무래도 직접 키운 오리를 잡아 요리해주는 게 가장 이윤이 많았다. 천막 안에 탁자며 의자들을 갖다 놓고 솥을 걸어 백숙을 해 팔기 시작했다.

오리 바람이 불면서 지역신문들도 관심을 가지고 찾아왔다. 청둥오리를 키워 성공한 모범사례로 보도하기 위함이었다. 기자들은 좋은 뜻으로 취재해 기사를 올렸고 손님은 더 늘어나 정신없이 바빠졌다.

그런데 신문에 기사가 나가면서 오히려 문제가 생겼다. 누가 민원을 넣었는지 구청직원들이 찾아와 해운대 달맞이고개 일대는 공원지구로 식당이나 가축사육을 할 수 없으니 당장 철거하라고 통보해온 것이다. 그곳이 공원지구라는 것도 몰랐던 구연철로서는 난감한 일이었다.

구청직원들은 몇 번이나 찾아와 축사와 천막을 철수하라고 호통 쳤고 기한 안에 철거하지 않으면 강제 철거한다는 붉은 통보서가 잇달아 날아들었다. 물러날 곳이 없어 버티고 있으니 나중에는 망치와 곡괭이를 든 구청식원늘이 놀려와 일부를 철거하기도 했다.

철거반원들이 올 때마다 사정도 하고 싸움도 해서 한 달 한 달 버티기는 했으나 약점을 잡은 구청직원들은 시도 때도 없이 나타나 명절이니 부서회식을 한다느니 하는 이유로 돈을 요구했다. 오만 원, 십만 원씩 집어주어 돌려보내도 그때뿐, 얼마 지나지 않아 다시 몰려와 철거하겠다고 으름장을 놓았다.

도저히 이렇게 해서는 살 수가 없었다. 구연철은 단단히 마음을 먹고 구청장에게 직접 항의하기로 했다.

지방자치제 이전이라 구청장을 중앙정부에서 임명하던 시절이었다. 일개 시민이 구청장을 만나기란 쉽지 않았다. 무작정 찾아가 비서에게 몇 차례나 채근한 끝에 어렵사리 구청장실에 들어갈 수 있었다.

책상에서 서류를 정리하고 있던 구청장은 허름한 잠바 차림에 비썩 마른 60대 노인이 들어오자 한 번 힐끗 훑어보더니 다시 서류에 시선을 둔 채 앉으라는 말도 없이 거만한 반말로 물었다.

"영감, 뭐 하러 왔소?"

존칭도 없이 영감이라고 함부로 부르는 것도 그렇고 거침없는 반말도 거슬렸다. 책상 앞으로 다가서서 말했다.

"구청장님, 나는 해운대구 주민입니다. 민원을 청원하러 왔습니다."

구청장은 여전히 쳐다보지도 않고 심드렁하게 물었다.

"내용이 뭐요?"

이렇게까지 하고 싶지는 않았지만 아무래도 정면으로 부딪혀야겠다 싶었다.

"내가 도둑질이나 강도질을 해서가 아니고 남을 사기 친 것도 아니고 내 조국을 위해서 한평생을 살아온 사람입니다. 내가 신불산에서 빨치산으로 수년을 살다가 체포되어서 여기서 말하는 국가보안법 위반이라 해서 이십 년간 징역을 살고 나온 사람입니다."

구청장은 얼떨떨한 눈으로 한참이나 그를 쳐다보더니 비로소 일손을 놓고 소파에 앉으라고 권했다. 그리고 자기도 내려와 맞은편에 앉더니 비서에게 커피까지 가져오게 했다.

"영감, 커피 한 잔 드소. 그래 영감 뭐가 어찌 됐다는 겁니까,

자세히 말해봐요."

구연철은 그동안의 경과를 설명했다.

"내가 외세를 물리치려고 싸우다가 국가보안법으로 감옥살이를 하고 나오니 살길이 없어서 땅 좀 파고 채소 좀 심고 오리 몇 마리 키우며 살아왔습니다. 정식으로 건물을 지은 것도 아니고 비바람 들이치는 천막 안에서 두 내외가 근근이 연명하고 있는데 당신네 직원들이 매일같이 곡괭이를 들고 와서 부수겠다고 하니 못 살겠습니다. 주변에 집도 없어 민폐를 끼치는 것도 아닌데, 주민을 이리 괴롭히면 되겠습니까?"

말하다 보니 부아가 치밀어 언성이 높아졌다.

"나를 여기서 살 수 있도록 좀 해주십시오. 당신들이 나를 이렇게 괴롭히고 못 살게 굴면 나는 갈 길이 어디 있습니까? 당신들이 정 못 살게 굴면 나는 북으로 가는 수밖에 없잖습니까? 이럴 거 같으면 나를 이북으로 보내주십시오!"

술에 취해 이북에 대해 칭찬만 해도 감옥에 가는 판인데 대놓고 북으로 보내달라고 하니 구청장은 눈이 휘둥그레졌다. 그렇잖아도 이 무렵 재야민주운동의 지도자 문익환 목사가 정부 허가 없이 방북해 나라가 발칵 뒤집혀 있었다. 자기 관할 구역에서 자진 월북하는 사건이라도 생기면 공무원 인생은 종말이었다. 처음 대면할 때의 고압적이고 거만한 태도는 사라지고, 구청장은 구연철의 손을 잡으며 달랬다.

"영감님 이러지 말고, 진정하고 좋게 해결해봅시다."

구청장은 목이 타는 듯 커피를 꿀떡꿀떡 마셔버리고는 비서에게 건축과장을 호출하도록 했다. 여러 차례 오리막사에 찾아왔던 건축과장은 구연철을 보더니 흠칫 놀라서 물었다.

"영감님이 여기 웬 일입니까?"

"청장님한테 물어보소. 내가 뭣 때문에 여기 왔는가."

건축과장은 차렷 자세로 꼿꼿이 서서 구청장에게 그동안의 경과를 설명했다. 공원지구라 가축사육이 안 되는데 이 영감이 오리를 키우고 식당까지 하고 있어 철거하지 않으면 안 된다고, 이 영감이 억지를 쓴다고 주장했다.

"알았어. 나가 봐."

구청장은 건축과장을 내보낸 뒤 말했다. 말투도 존댓말로 바뀌었다.

"영감님, 내가 한 번 알아보고 좋게 해결해보도록 할 테니 집에 가서 조용히 있으시오. 알았지요?"

구청장은 약속대로 사흘 후에 구청 간부들을 이끌고 오리농장을 방문했다. 구연철은 모르는 척 인사도 않고 서 있었다. 직원 하나가 다가와 구청장 오셨으니 인사를 하라고 했지만 그냥 꼿꼿이 서 있자 십 분 넘게 사방을 둘러본 구청장이 먼저 다가와 말했다.

"영감, 사실 여기는 이런 것 하면 안 되는 곳인데 내가 청장으로 있을 동안에는 눈감아줄 테니 조용히 지내도록 하시오. 민원 안 생기게 주위를 좀 깨끗하게 하고, 산불 나기 쉬우니까 화재도 조심하고. 알았지요?"

고맙다고 응답하니 할 말이 없어진 건축과장은 옆에서 씩 웃고 있다가 가버렸다. 이후로는 더 이상 철거반이 오지 않았다. 그때가 1989년이었다.

구청장의 개인적인 호의도 작용했으나 행정관청이 이 정도로 부드러워진 것은 오랜 민주화투쟁의 결과였다. 끝없는 권력욕의 노예였던 박정희가 1979년 부하의 총에 맞아 죽은 후에도 전두환 일파에 의해 계속되던 군부독재는 1987년의 6월 민주화항쟁으로 기세가 한풀 꺾인 상태였다. 역시 군부 출신인 노태우가 대통령이 되었으나 거듭 터져 나오는 민주화시위와 노동운동에 밀려 예전처럼 강압적인 통치를 하지는 못하고 있었다.

사상범에 대한 통제까지 완전히 사라진 것은 아니었다. 이 무렵인 1989년 봄 김병인이 76세로 사망했을 때까지도 사회안전법이 적용되어 장례식조차 마음대로 치르기가 힘들었다.

경남지역에서 체포된 빨치산 중 최고위직이던 김병인은 유난히 혹독한 고문을 당한 데다 감옥에서도 모든 투쟁마다 맨 앞장서서 싸우느라 몸이 많이 상해 있었다. 석방되고도 계속 병마에 시달렸는데 자녀도 하나 없고 부유했던 집안도 몰락해 돌봐줄 사람도 없었다. 끝내 병원에서 사망했을 때 장례를 치를 사람이라고는 대구에 사는 사촌동생 한 사람뿐이었다.

옛 동지들은 경남도당의 마지막 위원장이 장례식도 없이 화장되어 버려지는 일만큼은 막기로 했다. 생각다 못해 동료들이 가족으로 위장해 장례를 주도하기로 했다. 경찰이 문제 삼으면 다시 감옥에 갈 각오였다. 박판수, 하태연, 최상원 등 여덟 명의 동료들이 가족으로 시신을 인수해 마산 인근의 공원묘지에 안치할 수 있었다. 그날 참석자라고는 모두 합쳐 십여 명밖에 안 되었다. 그런데 멀찌감치 그보다 더 훨씬 많은 숫자의 형사들이 지켜보고 있었다. 학생들이 가세해 시위라도 벌일까 봐 경계한 것이었다.

하지만 더 이상 역사의 흐름을 가로막을 수 있는 세력은 없었다. 거꾸로 흘러가는 역사를 바로잡아보려고 온몸을 내던졌던 젊은 시절을 가진 그에게 종전 이후 30년 넘게 계속된 파시즘은 역사의 강물이 얼어붙은 것과 같은 시간이었다. 하지만 강물은 결코 바다를 포기하지 않는다는 말처럼, 도도한 역사의 물결은 다시 흐르기 시작했다. 1990년대 들어서 민주화의 속도는 더욱 빨라졌다. 1997년 이후로는 민주화투쟁의 상징이던 김대중 대통령과 노무현 대통령이 차례로 집권하면서 정치나 법률뿐 아니라 언론, 학술, 문화 등 근본 분야에서도 보이지 않는 많은 변화가 이뤄졌다.

원리원칙대로 따지자면 두 대통령 역시 잘한 것보다 미흡한 부분이 더 많음을 구연철도 잘 알았다. 하지만 너무나 깊고 아픈 격동의 시대를 겪었던 그에게는 성급한 원리주의가 더 위험해 보였다. 바다가 강물의 끝이라고 해서, 온갖 장애가 가로막고 있다고 해서 강물이 강을 버리고 하늘로 날아올라 바다로 갈 수는 없다는 생각이었다.

달맞이고개 오리농장은 민주주의의 대약진과 늘 함께했다. 1989년에 문을 연 이래 20년간 부산과 경남지역 진보운동가들의 명소가 되었다. 운동가들이 더 이상 숨어서 몰래 만날 필요가 없어진 덕분이기도 했다. 60개가 넘는 부산 경남의 사회단체들이 중요한 토론 모임이나 회식 모임을 가지려면 먼저 구연철의 오리농장을 찾았다. 한진중공업, 현대자동차, 대우정밀 같은 대기업 노동자들도 많이 찾아왔다. 바다가 내려다보이는 청정한 숲속인데다 주위에 민가가 없어 밤새 떠들어도 좋았기 때문이었다.

오리농장은 과거사와 현대사가 만나는 현장이기도 했다. 80

넌대 후반까지만 해도 빨치산 출신들에 대해서는 은근히 경계를 하던 민주화운동가들이 구연철과 동료들을 통해 역사를 알게 되면서 운동의 선배들에 대한 존중심도 갖게 되었다.

구연철에게는 오리농장을 찾아주는 모두가 고마운 사람들이었다. 도움받은 만큼 조금씩이나마 후원을 하면서도 자그마한 서민 아파트도 사고 두 아이도 반듯하게 키울 수 있었다.

오리농장은 2009년 겨울에 문을 닫았다. 논밭뿐이던 달맞이 고개가 고급 주택가로 바뀌어 자꾸 민원도 들어오고 그의 나이도 80이 되어 일하기도 힘들어졌기 때문이었다. 남은 것은 소박한 아파트 한 채뿐, 모아놓은 재산은 없어도 아들이 장성해 취업하면서 기본 생활은 유지하는 평범한 노인이 되었다.

세상도 많이 변했다. 사회주의 항일운동가들도 국가유공자로 인정받기 시작했고 제주도 학살이나 보도연맹 사건에 대한 국가적 사과와 보상도 진행되었다. 인민군 점령지역 안에 있었다는 이유만으로 집단 학살된 노근리 사건과 거창 신원면 사건 등 이승만이 저지른 대학살의 일부도 진상규명이 이뤄졌다. 아직 극히 일부에 지나지 않고 2007년 보수정권이 재집권하면서 다시 유야무야되고는 있지만 일단 흐르기 시작한 물결을 막을 수는 없다고, 구연철은 믿었다.

그러나 정치민주화와 상관없이 자본주의 경제모순은 더욱

심화되었다. 한동안 노동운동에 밀렸던 자본계급의 역공으로 노동자의 절반 이상이 비정규직화되어 기본적인 인간의 존엄성을 위협받게 되었다. 무한경쟁으로 내몰린 젊은 세대들은 물질적으로는 풍요로우나 정신적으로는 황폐한 세상을 살아가게 되었다.

아직도 완벽한 민주주의의 길은 멀고, 자본주의 모순은 심화되는데 80년대를 흔들었던 진보를 향한 열정은 갈수록 식어가는 것처럼 보였다. 조국과 민족의 번영, 계급 없는 진정한 민주주의의 구현, 궁극적으로 모든 인간이 인간답게 살아가는 평등한 세상을 만들려는 고귀한 희생 따위는 전세대의 고리타분한 유물로 퇴색한 세상이 된 것 같았다.

하지만 구연철에게 희망이 없는 세상이란 존재하지 않았다. 국군의 총구에 포위되어 영하 25도의 혹한을 몇 번이나 넘겼던 그에게 넘지 못할 조건 따위는 없었다. 인간이 존재하는 한 진보의 시계는 결코 멈추지 않는다고 그는 믿었다.

진보운동의 과제 중에서도 가장 큰 문제는 당연히 통일이라고 생각했다. 그에게 조국은 늘 하나였다. 누구와 이야기를 하든 통일을 전제로 하지 않고는 대화하지 않았다. 민족통일에 관한 이야기를 하다 보면 자연히 사회과학이나 철학적인 이야기도 하게 되었다.

1993년 3월 19일 대표적인 장기수이던 이인모가 이북으로 송환되었다. 빨치산 활동으로 체포되어 7년 옥살이를 하고 나온 후에도 다시 지하조직을 시도하다가 체포되어 또 감옥살이를 한 이인모는 구연철과 같은 감방에서 살았던 사이였다. 2000년 9월 2일에는 63명의 비전향 장기수가 이북으로 돌아갔다. 그들 역시 구연철과 감옥살이를 함께했던 동료들이었다.

구연철은 옛 동료들이 북으로 송환되는 것을 보며 부러운 마음도 있었지만 그보다는 죽는 그날까지 이남 땅에서 통일운동을 하겠다는 결심이 더 컸다. 그의 말년은 온전히 통일운동에 바쳐졌다. 민족통일에 관한 토론이라면 밤을 새워도 끝나지 않았다.

구연철이 생각하는 통일의 방법은 쉽지도 어렵지도 않았다. 분단 65년의 세월은 남북의 민중들에게 경제적인 측면뿐 아니라 정신적으로도 큰 차이를 만들어냈으므로 이를 해소하기 위해서는 상당한 시일이 필요하리라고 전제되었다. 이에 따라 우선 1국가 2체제의 연방공화국을 만들어서 이북은 사회주의를, 이남은 자본주의를 유지하는 상태에서 오랜 기간 동안 교류할 필요가 있다고 보았다. 연방만 된다면 이미 하나의 국가가 된 것이므로 그 기간이 수십 년이라도 상관없었다. 남북이 왕래하는 과정에서 서로가 수용할 것은 수용하고 배척할 부분은 배척하며 평화적으로 완전한 통일을 이루자는 것이다.

이를 위해 남측은 극우반공적인 배타주의를 버리고, 북측은 중공업 위주의 경제정책에서 경공업도 살리는 정책으로 전환해 인민의 삶의 질을 높여야 한다고 보았다. 이북이 2010년 들어 경공업 발전 정책을 채택하였으므로 이북의 경제사정이 나아지는 것은 시간문제라고도 보았다.

민족의 미래에 대한 그의 전망은 대단히 낙관적이다. 오리집을 할 때도 많은 시간을 통일운동에 보냈지만, 그만둔 이후로는 일주일이면 서너 차례 이상 온갖 집회와 모임을 찾아다니며 통일운동을 전도하는 것이 그의 일과가 되었다. 통일에 직접 관련된 모임뿐 아니라 노동자집회와 파업현장, 민주화 시위현장, 민주노동 열사 추모행사, 진보정당 선거운동 등 어디든 찾아다녔다.

집회나 행사 현장에서, 그는 자신을 드러내지 않고 조용히 자리를 지키고 앉아 있는 편이었다. 그래도 사람들은 그가 와준 것만으로도 든든하게 생각했다. 그의 존재는 끊어진 역사를 이어주는 징검다리와도 같았다. 사나운 격류에 잠겨 사라진 징검다리를 이어주는 단단한 반석과도 같았다.

오리집을 그만두기 얼마 전, 구연철은 인천지역에서 내려온 민주노총 노동자들과 함께 남도부 부대의 말기 사령부가 있던 갈산고지의 서북 능선에서 조촐한 추모제를 지낸 적이 있었다.

미군의 네이팜탄으로 신불산 일대 소나무들이 거의 불타버리고 잡목들이 새로 자라나 울창한 숲을 이루었는데 신기하게도 지구당사령부와 유격대사령부가 있던 자리의 두 그루 금강송은 불타지 않고 그대로 남아 있었다. 주변의 무수한 잡목 속에서도 죽지 않고 꼿꼿이 해를 향해 솟아 있었다.

그날, 한 노동자가 제안을 하여 사령부 자리의 소나무는 통일소나무라는 뜻으로 '일송'이라 명명하고, 지구당본부 자리에 서 있는 소나무는 자주의 소나무라는 뜻으로 '주송'이라 이름 붙이기로 했다. 둘을 합치면 외세의 힘을 빌리지 않고 자주통일하자는 뜻이 되었다.

따로 명패를 세운 것도 아니지만, 구연철은 이후 사람들과 신불산에 갈 때면 꼭 주송과 일송 앞에서 이름의 유래를 설명해주었다.

주송 앞에 서서 설명을 하노라면 지구당 위원장 이영섭의 커다란 체구며 호탕한 웃음소리가 떠올랐다. 일송 앞에 서면 야생노루같이 날렵하게 전장을 누비고 다니던 하준수의 총명하게 반짝이는 눈매가 떠올랐다. 빨치산의 피와 눈물을 거름 삼아 다시 온 산을 뒤덮은 울창한 온대림을 보면 산중의 외로운 혼으로 남은, 안타깝게 죽어간 동지들의 무수한 얼굴들이 떠올랐다. 바람이 나뭇잎을 흔드는 소리를 들으면 나 잘 싸웠다고 말해달라며 숨져간 소녀대원 김서형의 고운 목소리가 환청이 되어 울려왔다. 일송과 주송은 늘 그의 마음을 흔들어놓았다.

함께 간 사람들은 신불산 험한 산등성이를 뒷마당 산책하듯 가볍게 돌아다니는 팔순 노인을 치켜보면서, 그야말로 일송과 주송 같은 사람이라는 인상을 받았다. 그 많던 동지들 다 사라진 험한 산중에서 동지들의 흔적을 찾아 외로이 배회하는 그의 모습을 보면서, 모진 폭탄 세례와 잡목들의 왕성한 공격에도 쓰러지지 않고 60년 세월을 지켜온 일송과 주송이야말로 구연철의 분신이 아닌가 하는 감동을 받았다.

파래소폭포에서 부인과 함께

간월산에서 신불산을 가리키면서

주송 아래서

일송 아래서

신불산 계곡

빨치산 취사장이 있던 파래소 폭포

650 고지

신불산에서 찾아낸 박격포탄

신불산 유격대 추모제 연설